NOTURNO EM VISTA ALEGRE

Noturno em Vista Alegre

Copyright © 2022 *by* Vinícius Ferreira
Copyright © 2023 da Starlin Alta Editora e Consultoria Eireli
ISBN: 978-65-6025-027-7

Impresso no Brasil — 1ª Edição, 2023 — Edição revisada conforme o Acordo Ortográfico da Língua Portuguesa de 2009.

Todos os direitos estão reservados e protegidos por Lei. Nenhuma parte deste livro, sem autorização prévia por escrito da editora, poderá ser reproduzida ou transmitida. A violação dos Direitos Autorais é crime estabelecido na Lei nº 9.610/98 e com punição de acordo com o artigo 184 do Código Penal.

A editora não se responsabiliza pelo conteúdo da obra, formulada exclusivamente pelo(s) autor(es).

Marcas Registradas: Todos os termos mencionados e reconhecidos como Marca Registrada e/ou Comercial são de responsabilidade de seus proprietários. A editora informa não estar associada a nenhum produto e/ou fornecedor apresentado no livro.

Erratas e arquivos de apoio: No site da editora relatamos, com a devida correção, qualquer erro encontrado em nossos livros, bem como disponibilizamos arquivos de apoio se aplicáveis à obra em questão.

Acesse o site **www.altabooks.com.br** e procure pelo título do livro desejado para ter acesso às erratas, aos arquivos de apoio e/ou a outros conteúdos aplicáveis à obra.

Suporte Técnico: A obra é comercializada na forma em que está, sem direito a suporte técnico ou orientação pessoal/exclusiva ao leitor.

A editora não se responsabiliza pela manutenção, atualização e idioma dos sites referidos pelos autores nesta obra.

Dados Internacionais de Catalogação na Publicação (CIP) de acordo com ISBD

F383n	Ferreira, Vinicius
	Noturno em Vista Alegre / Vinicius Ferreira. - 2. ed. - Rio de Janeiro : Alta Books, 2023.
	156 p. ; 14cm x 21cm.
	ISBN: 978-65-6025-027-7
	1. Literatura brasileira. 2. Romance. I. Título.
	CDD 869.89923
2023-1835	CDU 821.134.3(81)-31

Elaborado por Vagner Rodolfo da Silva - CRB-8/9410

Índice para catálogo sistemático:
1. Literatura brasileira : Romance 869.89923
2. Literatura brasileira : Romance 821.134.3(81)-31

Produção Editorial
Grupo Editorial Alta Books

Diretor Editorial
Anderson Vieira
anderson.vieira@altabooks.com.br

Editor
Ibraíma Tavares
ibraima@alaude.com.br
Rodrigo Faria e Silva
rodrigo.fariaesilva@altabooks.com.br

Vendas ao Governo
Cristiane Mutüs
crismutus@alaude.com.br

Gerência Comercial
Claudio Lima
claudio@altabooks.com.br

Gerência Marketing
Andréa Guatiello
andrea@altabooks.com.br

Coordenação Comercial
Thiago Biaggi

Coordenação de Eventos
Viviane Paiva
comercial@altabooks.com.br

Coordenação ADM/Finc.
Solange Souza

Coordenação Logística
Waldir Rodrigues

Gestão de Pessoas
Jairo Araújo

Direitos Autorais
Raquel Porto
rights@altabooks.com.br

Assistentes da Obra
Milena Soares

Produtores Editoriais
Illysabelle Trajano
Maria de Lourdes Borges
Paulo Gomes
Thales Silva
Thiê Alves

Equipe Comercial
Adenir Gomes
Ana Claudia Lima
Andrea Riccelli
Daiana Costa
Everson Sete
Kaique Luiz
Luana Santos
Maira Conceição
Nathasha Sales
Pablo Frazão

Equipe Editorial
Ana Clara Tambasco
Andreza Moraes
Beatriz de Assis
Beatriz Frohe
Betânia Santos
Brenda Rodrigues

Caroline David
Erick Brandão
Elton Manhães
Gabriela Paiva
Gabriela Nataly
Henrique Waldez
Isabella Gibara
Karolayne Alves
Kelry Oliveira
Lorrahn Candido
Luana Maura
Marcelli Ferreira
Mariana Portugal
Marlon Souza
Matheus Mello
Milena Soares
Patricia Silvestre
Viviane Corrêa
Yasmin Sayonara

Marketing Editorial
Amanda Mucci
Ana Paula Ferreira
Beatriz Martins
Ellen Nascimento
Livia Carvalho
Guilherme Nunes
Thiago Brito

Atuaram na edição desta obra:

Revisão Gramatical
Luiz Henrique Moreira Soares

Diagramação
Faria e Silva Editora

Capa
Marcelli Ferreira

Editora afiliada à:

Faria e Silva é um selo do Grupo Editorial Alta Books
Rua Viúva Cláudio, 291 — Bairro Industrial do Jacaré
CEP: 20.970-031 — Rio de Janeiro (RJ)
Tels.: (21) 3278-8069 / 3278-8419
www.altabooks.com.br — altabooks@altabooks.com.br
Ouvidoria: ouvidoria@altabooks.com.br

NOTURNO EM VISTA ALEGRE

VINÍCIUS FERREIRA

Rio de Janeiro, 2023

Noturno

Os que nascem de noite
e, entre ossos, vigiam
o fogo
os que olham os astros
e, oprimidos, respiram
em cavernas

os que vão viver apesar
da escuridão e nos olhos
a luz clandestina
acendem

os que não sonham, os que nascem
de noite
não vieram brincar: seu peito
guarda uma só palavra.

Orides Fontela

Existem erros monstruosos demais para o remorso...

Edwin Arlington Robinson

1º de janeiro – quarta-feira – à tarde

O psiquiatra da polícia, doutor Luís Fernando, recomendou para anotar tudo o que acontece comigo. Estava afastado do trabalho faz bastante tempo e não acredito que escrever vai me ajudar a apagar o que aconteceu. Muito pelo contrário. Mas, deve ser uma maneira de achar um eixo, mais ou menos seguro, sobre o qual eu possa retomar a minha rotina como investigador.

Sinto como se estivesse preso numa gaveta escura e mofada, cheia de roupa suja, esperando ânimo para lavar. Mexer com lembranças no primeiro dia do ano-novo faz ele parecer mais uma data velha. Foi só eu comprar alguns cadernos, umas canetas e reservar uma mesa no canto do quarto, para um antigo sonho passar a me perseguir.

Estou numa casa feita de pau a pique e paredes de barro, que está sendo costurada pelo lado de fora. Isso mesmo: alguém costura a casa. Escuto o zunido da máquina de costura, mas não posso ver quem tange a prancha gretada, acionando o círculo de metal por onde a linha escorre. A agulha atravessa o piso da cozinha e abre uma grande fissura espraiada. Um espectro surge na janela aberta. Traz uma lua crescente no lugar da cabeça. Saio da casa, atravessando uma ponte, que balança, treme, enquanto a noite me envolve. Não sinto meus pés, os beirais me escorregam das mãos. Lâmpadas acendem, ao longe, como estrelas no meio dos galhos retorcidos. A água do rio, impregnando o barro mole com o cheiro azedo do capim, bate nos meus tornozelos. Então o espectro reaparece, plantado na minha frente. É um homem. Rasgo de cicatriz na testa, rosto duro, a barba densa e violenta. Reparo na sua camisa, dobrada na altura dos cotovelos. Cotovelos infantis. Um homem com cotovelos de criança. Quero gritar. Não consigo me mexer. Então acordo.

Tanto tempo fora de atividade tem o peso de uma condenação. Quatro anos. Mesmo assim, nas chefias, entre os superiores, ninguém pareceu muito incomodado com a minha ausência. Só quando as mudanças no comando da Regional trouxeram um novo delegado para Cataguases que a Secretaria de Segurança Pública desandou a perturbar. Tantos pedidos de laudos, assinaturas, papéis, a burocracia de praxe. Não restou alternativa para a polícia senão a de recomendar minha reintegração, com a ressalva de me deixar acompanhar de perto pelo psiquiatra.

– Reconhece o homem do sonho, Félix? – ele me pergunta toda vez.

– Não – minto sempre.

Se eu escrevesse um diário, contando minhas impressões sobre o que me ocorre, talvez até pudesse reconhecer o homem do sonho. Um diário facilitaria organizar minhas ideias, a retomar a lógica dos raciocínios. São essas as justificativas do doutor Luís Fernando, garantindo que, sob hipótese alguma, vai ler o que eu escrevo.

Não posso falar que aquele rosto é o rosto do meu filho. Como seria confessar que o vejo adulto num sonho repetido, os olhos dele parecendo com os da Érica quando ela decidiu sair de casa? Como posso revelar que tento fugir do meu próprio filho nos sonhos, que tento afastá-lo dando chutes no ar? Não posso contar do alívio, quando confirmo que as janelas não são de tábuas secas e que estão bem fechadas. E nenhuma máquina de costura está por perto, nenhum homem com uma lua crescente no lugar da cabeça. Fujo do meu próprio filho, do adulto que ele nunca vai ser. Fujo dos olhos da Érica. Dos olhos que não conseguem mais olhar para mim sem enxergar os olhos do meu filho.

São cadáveres atados nos fios dos pensamentos. A Érica, um cadáver vivo, andando por aí numa casa qualquer, numa rua perdida de alguma cidade. O cadáver de um morto me visita. Posso sentir a respiração de ambos, irmanadas, os seus hálitos mornarem a ponta do meu nariz. Posso tocar na aspereza seca das peles opacas, ouvir as vozes, exigindo de mim essa fidelidade de desassossegado.

3 de janeiro – sexta-feira, pela manhã

Fiquei instável, mas tenho melhorado, respondi ao clínico da polícia. Ele anotou. Vou enviar os resultados para o Luís Fernando ainda hoje, falou sem olhar para mim. Não que eu não fosse instável antes, pensei. Você deve recomeçar já amanhã, disse enquanto tomava minha pressão. O caso é o porte de arma. Não posso apresentar sinais visíveis de instabilidade. Tome um comprimido desses aqui, depois do jantar ou antes de dormir, se você preferir, ajuda a relaxar. Não posso representar perigo para mim mesmo e muito menos para os outros. Pronto, terminamos por hoje, Félix. Você está muito bem, saúde em dia. Bateu no meu ombro. O controle é um limite. Um limite mantido embaixo da força das aparências.

3 de janeiro – sexta-feira – antes de dormir

Escrever é traiçoeiro. Gosto mais de ler. Escrever não me distrai e parece querer fazer o tempo voltar. O tempo só se interessa por crimes de furto. Essas lembranças todas, marcadas no ferro da experiência, servem para quê? O tempo não vai trazer o meu filho de volta. Não vai. Não vai fazer a Érica esquecer o que eu fiz. O tempo é um bêbado. Só um bêbado, cambaleando por becos escuros, tropeçando em tudo quanto é porcaria imprestável. Melhor mesmo é o tempo não voltar. Melhor que o tempo jamais volte. A não ser se a gente pudesse mudar o que passou. Ou esquecer.

4 de janeiro – sábado, pela manhã

Cheguei na delegacia debaixo de uma chuva pesada. Quase não dava para ver a placa de contramão, me obrigando ao retorno pela transversal. Mudaram o acesso porque a polícia comprou o terreno alugado para vistorias. E, no lugar do portão, construiu um muro alto. O lugar ficou com jeito de shopping.

Escutei no rádio do carro a previsão de enchente para os próximos dias. O nível do Rio Pomba ia subir pelo menos mais quatro metros até o final da semana. Nada de muito diferente dos anos passados. Tem sido assim faz algum tempo, o rio chegando nas casas, nos prédios. O único dado novo são as chuvas durarem bem mais. Desde o final do ano passado, quando a cidade ficou submersa quase por completo nas águas barrentas do Pomba, as chuvas não deram um só dia de trégua.

Não me lembrava da última vez que eu estacionara na garagem da delegacia. A reforma levou a outra rampa de entrada para uma lateral subterrânea. A maior parte dos policiais sempre preferiu parar no pátio, junto dos carros apreendidos. Os antigos pilares de concreto desafiavam bastante a habilidade das manobras.

Uma vez, por causa desses pilares, arranhei o Subaru azul-metálico de um colega, enquanto eu manobrava para sair. Era um dia de muita chuva também, de terra molhada. O colega teve problemas com a documentação para acionar o seguro e me propôs um acordo. Não aceitei. O trato incluía um repasse de dinheiro a um negociante conhecido nosso, cujo tamanho da ficha policial ultrapassava em volume os ociosos catálogos telefônicos. O colega nunca me perdoou o duplo arranhão, embora eu desconfie que ele tenha sentido mais pelo carro do que pela reputação. Paciência. Há um curioso ditado na polícia: "Melhor a inimizade do que o mau acordo". Pouca gente leva a sério. Alegam ser desproporcional a comparação entre inimizade e acordo. Só demonstram desconhecer os limites e operações que separam o crime das leis que definem o que é crime. Bastaria reparar a procedência dos carros entre os policiais que gostam dirigir para constatar com facilidade a relação entre inimizades e maus acordos.

Subi até a entrada. O tapete em que eu costumava limpar os sapatos não estava atrás da porta de vidro, quando a empurrei. Tinham colocado um tipo macio de tecido sintético, felpudo. Também a porta tinha sido trocada por uma bem maior. Agora eram três folhas, jateadas de cima a baixo, com um imenso distintivo da polícia estampado. Que moderno, pensei quase em voz alta.

Em outros tempos, nas manhãs do sábado, o pessoal do plantão já estaria reunido na portaria, preparando para ir embora. Sempre bom topar com eles e dividir as novas das sextas à noite. Mesmo aquelas terminadas nos aborrecidos registros. O pessoal do plantão sabia colocar espetáculo nas ocorrências, fazendo parecer tensa até aquelas encerradas na fase das ameaças. A larga imaginação deles tornava as histórias imperdíveis para quem chegasse cedo.

Embora não houvesse ninguém na recepção, ao atravessar uma faixa de frisos amarelados, fui registrado por uma câmera colocada bem na frente do meu rosto. A lente deve ter acionado algum dispositivo, porque não demorou para aparecer um rapaz, numa camisa de malha muito justa, deixando à vista um par de braços reveladores de dedicação sacerdotal a horas e horas em academias de ginástica. Com um tablet numa das mãos e uma banana descascada pela metade na outra, fez um sinal com a cabeça, indicando para eu esperar. Mostrei o distintivo, varei pelo corredor e fui atravessando pelo vão das divisórias. Dava para ver a fileira das salas envidraçadas, parecendo mais um comprido correr de aquários.

Poucos desviaram o olhar das suas mesas para reparar nos meus dez quilos a menos. Meu cabelo crespo cortado rente, deixando a minha insinuante calvície cada vez mais à mostra.

Envelheci. Envileci, talvez seja melhor dizer, embora meu aspecto atual diga muito pouco àqueles tipos. A não ser pelo endereço, também aquele lugar em quase nada lembrava o meu antigo local de trabalho. A delegacia contava agora três andares e uma cobertura.

Exibi de novo o distintivo. Outro rapaz, com o mesmo estilo de camisa de malha, me indicou o elevador.

No alto da porta da sala, ocupando toda a parte lateral do terceiro andar e terminando numa grande janela de vidro, aberta para uma varanda ampla com vista para a cidade, uma placa de metal: Diógenes André Mattos da Silveira – Delegado de Polícia.

Bati, esperei um pouco, bati de novo e entrei. Atrás de uma mesa enorme, com tampo de vidro, estava um homem de mais ou menos um metro e noventa, jovem, escanhoado, alinhado, perfumado, vestido com camisa social e gravata.

Fez um sinal com uma caneta, indicando a cadeira, enquanto falava ao telefone.

Terminada a ligação, o par de olhos se apertou para me medir. Notei a decepção estampar a cara dele. Talvez fosse só o efeito do contraste do seu físico atlético com a minha magreza. Tentou disfarçar.

– Muito prazer, agente Félix. Ou devo chamá-lo de investigador Félix? Inspetor Oliveira? Como prefere? Ouvi falar muito do senhor.

Não me estendeu a mão. Ficou segurando a caneta, admirando meu embaraço, escorado num ar de superioridade. Ele ocupava agora a função do meu antigo chefe, o delegado Antônio Sílvio, aposentado durante a minha ausência.

Por conta de um desmembramento recente, a delegacia de Leopoldina passou a ser uma das Regionais. O Silveira, apesar da pose, como delegado de Cataguases, está subordinado a um apadrinhado do Antônio Sílvio, que, pelo jeito, continua a exercer influência política na Secretaria de Segurança Pública.

Desfez-se de parte da empáfia, baixou a caneta sobre um estojo dourado, ajeitou o corpanzil na cadeira:

– Fui contra o seu retorno. – O tom era bem diferente do que ele acabara de usar ao telefone. – Não aprovei, não aprovei mesmo – completou, fazendo um gesto com o canto da boca.

Fiquei sem saber se devia falar alguma coisa. Não tive nem tempo para decidir, pois ele saiu a completar a posição:

– Você deve agradecer ao doutor Luís Fernando e ao seu antigo chefe. O empenho foi deles. Estou com uma equipe nova, agente Félix, muito operacional, gente preparada, motivada, todos formados em curso superior, um time bem entrosadinho, sabe, jogando redondo.

Não, eu não sabia. Estava prestes a completar 54 anos, nunca tinha frequentado nenhuma faculdade. Sempre gostei de ler. Compro livros, tenho até uma biblioteca pequena em casa. Gosto de música e de filme. E se ainda conta, passei pelo menos vinte e cinco anos da minha vida revirando o lixo que muita gente trabalha duro para deixar escondido debaixo de tapetes macios e felpudos como aqueles espalhados por toda a sala dele.

Quando entrei para a Academia da Polícia, diploma universitário era um requinte permitido a apenas alguns poucos. Os aspirantes a policiais eram, no geral, gente muito simples, recrutada entre as camadas mais baixas da sociedade econômica. Gente com gana de subir na vida, trabalhando em um emprego estável, com remuneração razoável e algumas vantagens para compensar as cenas de crime, os riscos de em algum momento ser todo cravejado de balas, os cadáveres apodrecendo, as dissimulações de suspeitos, a convivência com a nata da escória, as chatices da burocracia e a arrogância dos superiores. As seleções exigiam, quando muito, formação secundária até mesmo para o desempenho de alguma função técnica mais específica. O sujeito tinha era que possuir disposição, caráter, intuição apurada, alguma inteligência e muita perspicácia. Todo o restante, quem ensinava era a prática, crime após crime, suspeito após suspeito, investigação após investigação, prisão após prisão. Nenhum caso igual ao outro. A ciência ajudando com as provas, a tecnologia com as perícias, a teoria com os estudos dos comportamentos, mas o grosso da coisa era revirar sujeira e mais sujeira, nas ruas, nas casas, nos antros, nas famílias, o que ainda não é raro. Ficamos conhecidos de párias, rufiões, traficantes, falsários, proxenetas, informantes ambíguos, estelionatários, filhos da puta refinados, malandros engravatados, pés de chinelo metidos a espertos, meliantes de terno, gatunos sofisticados protegidos por advogados venais, prontos a se dobrar sob a sedução do dinheiro. Reconhecemos, de longe, os mentirosos contumazes, os viciados em pernadas, os inclinados a viver permanentemente sob a tutela do Estado, em presídios, em cadeias sujas, em celas minúsculas, com privilégios a depender dos rendimentos. Era assim. Os superiores, inclusive, olhavam atravessado para os diplomados, imaginando não poder contar com eles quando a rua exigisse mais do que os bancos acadêmicos podem fornecer. O Antônio Sílvio repetia com alguma frequência: "Sim, agora que a polícia vai virar um reduto de bacharéis, podiam nos honrar com o mesmo capim digno deles". E completava, fazendo um gestual todo caricato: "No uso das atribuições que me confere a lei, madame, comunico que Vossa Senhoria está sendo detida pelo crime de furto, previsto no Artigo 155 do Código Penal, estando, por suposto, sujeita a penas que variam entre a celebridade dos jornais e uma brilhante carreira na política". Um dos agentes, formado em letras, ficava ofendido com as constantes tiradas de sarro do chefe. De tanto sofrer com as gozações na delegacia, produziu um relatório todo num português de Rui Barbosa, ilegível para os outros agentes e, claro, também para o delegado. O Antônio Sílvio, como vingança, deu a ele um caso para investigar, uma disputa de terras que terminou num fratricídio. E, em tom de aposta: "Se você conseguir se comunicar com o acusado, eu mesmo vou recomendar sua promoção". O acusado era um senhor de mais ou menos 70 anos, matuto, para quem a foice era semelhante a uma tábua das leis. Nós acompanhamos o desfecho do caso com interesse muito grande no desempenho do colega. Perdi um dinheiro na aposta, porque o homem deu por encerrada a disputa das terras, se enforcou numa figueira e deixou para o sobrinho, o filho do homem que ele próprio assassinara a golpes de foice, o objeto da cobiça de ambos. "Vá entender a natureza humana", teria concluído o nosso colega bacharel.

A natureza humana, doutor Silveira, é um emaranhado de fios que juntos tecem um pano bonito, o pano das aparências. Quanto mais bem entrelaçados os fios, mais firme o pano, mais sólida a aparência. Porém, se um único fio se solta, compromete a firmeza toda. E o desenho do pano, que tinha a cara bonita, fica reduzido a um novelo de fios soltos, embolados e que não ligam senão o nada a coisa nenhuma.

Eu devia ter dito isso a ele, ter enfiado essas palavras no meio daquelas sobrancelhas muito bem aparadas e do seu botox, que não o deixa franzir a testa enquanto fala.

– Escuta, Félix, não vai pensar que eu tenho alguma coisa pessoal contra você. Não tenho mesmo. É que, você sabe, tanto tempo afastado, tudo que aconteceu com você... Veja bem, você deve ter reparado como as coisas mudaram por aqui... Não posso, não posso simplesmente ignorar o seu problema e reintegrar você ao trabalho assim, do nada.

Pensei em refutar somente o "do nada", lembrando a ele que talvez eu tivesse mais tempo naquela porcaria de trabalho do que ele tem de existência, mas a situação, com certeza, tomaria contornos desfavoráveis exclusivamente para mim.

Ele inclinou o corpo, abriu uma das gavetas da sua mesa, retirou uma pasta de papelão, encardida, coberta de pontinhos de oxidação, e fez ela correr na minha direção.

– Leia. Depois conversamos.

Apanhei a pasta e saí sem cumprimentá-lo.

Um homem pode se encontrar, mais cedo do que supõe, afundado num poço. A lama acumula no fundo e ele pensa que nunca mais vai sair dali. Porque essa lama começa a fazer parte dele. Até que, uma hora, ele percebe que ela já furtou a sua alma. Alma e lama. As mesmas letras. E isso não deve ser só uma coincidência.

4 de janeiro – sábado, antes do almoço

Antes da licença, eu dividia uma sala minúscula com outro investigador, o Éverton Marques, um sujeito culto, formado em filosofia. Um dos poucos bacharéis da confiança do Antônio Sílvio.

Como o andar foi todo reformado, não preservaram nenhum aspecto do que fora a nossa antiga sala. Nem mesmo o famoso ventilador de teto, que mais parecia um helicóptero pousando. Nos dias ainda mais quentes, no insuportável calor de Cataguases, as hélices paravam, sem nenhum aviso prévio. Era preciso dar uns tapas na base para que ele voltasse a funcionar. O Éverton pertencia ao Sindicato dos Policiais Civis, uma entidade mal-afamada entre os agentes mais jovens. Nunca fui capaz de compreender bem o orgulho de alguns agentes em reservar críticas tão pesadas ao Sindicato. Chegavam a falar de privatização total das polícias, de Estado mínimo, enquanto destilavam uma noção muito confusa da função pública. O ventilador parecia dar a eles um pretexto para as pregações de teorias e acabou se tornando objeto de pendenga, dividindo sindicalizados e não sindicalizados. Depois de umas quatro ou cinco tentativas de modificar o quadro das nossas condições de trabalho, meu colega de sala redigiu um memorando, alegando que o ventilador ameaçava nossa integridade física, mais até do que o trabalho na rua. Bastou enviar à chefia para aparecerem dois brutamontes de uniforme, portando caixas de ferramentas, fazendo reparos infindos até decidirem pela substituição do ventilador. Tenho a impressão de que a troca fortaleceu o bloco dos sindicalizados. Ouvi o Éverton dizendo, enquanto soltava gargalhadas: "Félix, o Belchior tinha inteira razão quando dizia lá na música dele, rapaz, que o novo sempre vem". O que era para ser somente uma irônica provocação ao outro grupo, converteu-se em triste premonição. As reformas nas carreiras da polícia, aprovadas com a anuência do próprio pessoal do Sindicato, levou muita gente a considerar que o melhor talvez fosse "estar em casa, guardado por Deus, contando os seus metais", ou mesmo o "vil metal", de algumas versões da mesma música. Muita gente se aposentou na época, imagino, para não ter que passar o resto da vida profissional dando tapas nas bases de ventiladores barulhentos. Talvez eu também devesse ter feito isso. Ainda mais depois da conversa com o Silveira.

Encontrei trancada a porta da sala.

Bati no vidro do aquário ao lado. De trás de um biombo saiu um rapaz, ostentando uma tatuagem, que cobria quase toda a extensão do seu braço.

– Sabe me dizer onde encontro as chaves desta sala?

Como se fosse uma montanha de má vontade e lentidão, ainda segurando a maçaneta da porta entreaberta, o sujeito levantou os óculos escuros até à altura da testa, mirou meu distintivo e disparou sem deixar as palavras passarem pela garganta:

– No térreo, corredor à esquerda.

· E fechou a porta.

Por que alguém usa óculos escuros numa sala fechada? Perguntei para mim mesmo, com algum receio de que a resposta guardasse alguma relação distante com o antigo episódio do ventilador.

Desci, evitando o elevador, onde três policiais militares conduziam um homem de cabelos cinzentos, algemado. Reconheci apenas um dos PMs, que me cumprimentou de longe com um aceno de cabeça. Um pouco antes da licença, nós participamos, junto com outros policiais, do cumprimento de um mandado de busca e apreensão num dos condomínios chiques da cidade. Não dá para esquecer a cara de espanto dele ao saber a identidade do suspeito: "Esse coroa quase foi meu sogro, detetive. Cidade pequena é uma merda".

Na frente do guichê de atendimento havia um totem para a retirada de senhas. Bati no vidro e esperei. Não tinha ninguém. Bati de novo e apareceu uma jovem, morena, esguia, cabelos pretos escorridos até quase à cintura, saia muito justa.

– Pois não?

– Queria as chaves da sala 16, do segundo andar.

– Senhor, não existe nenhuma sala com esse número no segundo andar.

Mostrei a carteira funcional e o distintivo.

– Ah, inspetor, desculpa. Já faz um tempinho que reformaram o segundo andar todo. Os arquivos ficam agora na parte de trás, depois da sala de reunião.

– Arquivos?

A mocinha me mediu dos pés à cabeça, cuidando de se deter um pouco mais na foto da carteira.

– Um instantinho só.

E voltou para a porta de onde saíra, deixando-a entreaberta, segura pela ação de ampará-la com as nádegas. Dava para ver uma tela iluminada lá dentro, em reluzentes tons azuis, na qual ela passava seus dedos finos. A tela girava e parava sobre uns pontos que mais pareciam antigas fichas de sinuca. Notei que ela não usava aliança e desci os olhos para reparar na protuberância das suas panturrilhas, tensas sobre o salto alto. Não me lembro de algum dia ter visto panturrilhas assim tão rijas e tão torneadas. O moreno liso da pele acentuava ainda mais os contornos, interrompidos pela barra da saia azul-marinho.

– Detetive Félix Oliveira? – ela falou, voltando à porta, que se fechou atrás dela.

– Sim. Ao vivo, em cores e inteiro no seu vídeo.

Ela não reagiu.

– Aqui, um cartão de acesso. Para destravar a porta, o senhor tem que colocar naquele espaço sobre a maçaneta, como nos hotéis, sabe?

O "senhor" foi dito de modo mecânico, indiferente, tão distante quanto uma voz aleatória num serviço *call center*. Eu estava mesmo de volta? Ou era mais um sonho me perseguindo?

Enfiei o cartão e atrás da porta só tinha uma escada, levando ao subsolo.

Eu estava mesmo de volta? O doutor Luís Fernando teria me considerado apto para voltar? Ou o Antônio Sílvio, sim, o meu antigo chefe, com a sua influência, queria me resgatar, me tirando de casa e do limbo, do poço, da lama em que eu estou enfiado? Qual era o sentido? Voltar? Para quê? Para onde, se até a minha sala não existe mais? Demoliram as paredes para ampliar os espaços, para fundi-la a mais outras duas e as transformarem em uma única sala para reuniões grandes. As paredes, os tijolos, o reboco, o ventilador, as mesas de madeira, impregnados dos meus segredos, dos meus secretos desejos, e das minhas frustrações, das pequenas alegrias, tudo transformado em matéria imprestável, recolhida por uma caçamba da Prefeitura e depositada sabe-se lá em que sujo descarte.

Estava decidido a subir ao terceiro andar, quando a mocinha apareceu na porta, trazendo outro cartão. Antes que minhas esperanças ganhassem alguma consistência, ela fez um sinal para eu acompanhá-la. Tomamos juntos o elevador e pude reparar na sua maquiagem suave. A pele jovem, de pelos descoloridos, contrastando as linhas a lápis, que punham em evidência os seus olhos muito pretos. Descemos. Ela virou-se e entrou de volta no elevador, antes que eu tivesse tempo para fazer qualquer pergunta.

"Casos Arquivados". Estava escrito na parede de entrada da sala. Uma parte da garagem fora demolida e o antigo subsolo, que antes era um porão lotado de tralhas imprestáveis, dera lugar a mais duas salas geminadas. Olhei para aquele lugar, ocupado por pilhas e mais pilhas de pastas iguais à que o Silveira passara às minhas mãos. No canto, uma pequena mesa de ferro, uma cadeira de madeira sem forro e umas estantes de ferro vazias.

O que foi sempre um depósito de computadores velhos, de móveis de escritório em desuso, de máquinas superadas, agora vai ser a minha sala.

4 de janeiro – sábado, no almoço

Almocei no Italiano, quase vazio, com a impressão de estar sendo observado. Escolhi uma mesa perto da janela da frente. A chuva fez uma pausa e as ruas esboçavam um ligeiro movimento, com alguns comerciantes aproveitando para retirar o barro das calçadas. Uma árvore caíra na Avenida Astolfo Dutra e o trânsito fora desviado para a Major Vieira e para a Avenida Meia Pataca. Dava para ver o volume do rio ameaçando transbordar e, em alguns pontos, as pessoas providenciando mudanças para as partes mais altas da cidade.

Fiz um rápido mapa das pessoas no restaurante. Queria afastar de vez a sensação de vigilância. Dois homens grisalhos, um canhoto e outro destro. Uma mulher com crachá de empresa. Quatro rapazes com mochilas de transportar computador. Estavam desarmados, dava para notar. Um senhor de bengala. Nenhum deles parecia estar a serviço de outra coisa que não fosse somente matar a fome. Mesmo assim, a ideia de estar sendo vigiado não me deixou, nem mesmo depois de sair.

4 de janeiro – sábado, depois do almoço

Gastei a primeira parte da tarde cuidando de arrumar a minha nova sala. Pus a cadeira revestida de azul e a mesa no canto oposto, para aproveitar melhor a luz, ainda que fraca, vinda da abertura para um respirador. Uma fresta, separada da rua por hastes de ferro, em formato de grades, já carcomidas pela ação da ferrugem. Um anteparo de acrílico veda a passagem da água da rua, logo acima. Pela abertura, respira-se fumaça de escapamentos.

O Antônio Sílvio sempre falava que quando um agente era considerado problema, para ficar livre dele o melhor era sobrecarregá-lo de trabalho burocrático. "A burocracia disciplina", filosofava ele. "Ensina rotina, que é só isso mesmo, rotina. O sujeito acaba percebendo que a vida não é muito mais do que uma repetição entediante". O Éverton, versado no humor sutil, aproveitava para alfinetar: "É a Sibéria do Antônio Sílvio". Pouca gente achava graça.

Eu queria saber do Éverton e onde estariam alojados os meus antigos colegas. Nenhum deles veio me receber ou me cumprimentar pela volta. As salas por onde passei estavam todas ocupadas por desconhecidos. Jovens musculosos, tatuados, cabelos cortados rente ou raspados por completo, alguns exibindo barba comprida, calças jeans, tênis, óculos escuros dentro das salas, as armas deixadas à mostra.

Não tinha visto a Teresa, a escrivã. Não tinha visto a Lúcia, a secretária, eficiente organizadora da nossa papelada. Não vi o Martins, o Dalmo, nem o Pereira. Que terá sido feito deles?

O Éverton, com quem aprendi muito sobre várias coisas, cultivava o hábito de ficar conversando até altas horas da noite com um padre, vizinho dele. Tomavam garrafas e mais garrafas de vinho português, enquanto jogavam intermináveis partidas de dama. Ele jurava para mim que perdia de propósito. Deixar o padre ganhar era sua maneira de se redimir dos pecados. "Rapaz, depois da terceira taça, o padre se transforma. Chega até a falar do Inferno com alguma simpatia. O homem é uma peça". O problema, contava ele, ocorria quando o religioso se aventurava em dar pitacos políticos. "Aí ferra, rapaz, o homem é uma verdadeira melancia. Verde por fora e totalmente vermelho por dentro, se é que você me entende..."

Eu e o Éverton fizemos muita coisa juntos. Estivemos em muitos casos, investigando em parceria. Num deles, uma mulher envenenou a própria filha, por ciúmes. A menina, com 19 anos na época, seduzira o namorado da mãe e o Éverton, que fez a prisão, teve pena da mulher. "Imagina, rapaz, ser trocada por uma mulher mais nova. E, ainda por cima, a própria filha. Não sei, mas entendo ela. Não condeno não. Essas coisas de paixão, amor, entende, um troço do demônio isso, rapaz. Fico pensando: era como se fosse ela mesma que o sujeito passou a ter nos braços quando pegava a filha, só que trinta anos mais jovem. O cara volta no tempo, mas ela não. O cara tem as duas versões e pode variar, sem ter que escolher entre uma e outra. Ela não. Ela fica presa no tempo dela, enquanto o cara fica livre para ir no passado e voltar pro presente. O demônio é isso, rapaz, o demônio". Eu ficava sempre em dúvida: seria o padre falando pelo Éverton ou o contrário?

Ainda não tinha visto o Éverton.

4 de janeiro – sábado, final da tarde

A pasta encardida que o Silveira me deu trazia um papelzinho amarelo, autocolante, na parte interna da capa. Interessa ao doutor Saulo Mariano de Andrade Filgueira Paiva. Pelo desfile de sobrenomes, sobrepostos, antecedidos pelo nobiliárquico em maiúscula, imaginei tratar-se de um figurão qualquer do Judiciário. Uma busca rápida no Google e descubro que se trata, na verdade, de um político. Deputado, para ser mais exato, atualmente ocupando a presidência da Comissão Estadual de Direitos Humanos da Assembleia Legislativa do Estado de Minas Gerais.

Abri a pasta e dentro continha um relatório sobre um caso ocorrido em Vista Alegre no ano de 1981. Era, na verdade, um registro de ocorrência, contendo apenas informações muito básicas, em menor extensão até do que a fileira dos sobrenomes do interessado no caso.

Se existe uma coisa que se aprende desde cedo na polícia é a trocar a palavra coincidência por uma mais precisa: evidência. Um político, no posto mais alto de uma importante comissão da Assembleia, demonstrar interesse num caso ocorrido há quase quarenta anos num pequeno vilarejo situado no interior profundo do Estado, dispensa intuição. Por óbvio, aquele relatório mais escondia do que trazia à luz. Fosse o que fosse, o interesse do deputado não cabia naquelas folhas amareladas pelo tempo.

Voltei ao Google:

Saulo Andrade descende de uma família de políticos. A opção por apenas um dos sobrenomes explica o peso do Andrade na sua carreira política. O avô, Milton Andrade, foi um dos latifundiários mais prósperos de toda a região da Zona da Mata. Senador por três mandatos consecutivos, teve a brilhante carreira política abreviada por um derrame cerebral. Um quadro que se agravou devido ao histórico de problemas respiratórios, levando ao seu falecimento. Seu filho, Heleno Andrade, tornou-se o beneficiário do patrimônio político dos Andrade, elegendo-se prefeito, deputado estadual, deputado federal e candidato ao Senado por duas ocasiões, sem, no entanto, obter sucesso em ambos os pleitos. Retirou-se da vida pública para dedicar-se integralmente aos negócios da família, que permanece atuante na aquisição de terras para o plantio e para a criação de gado leiteiro e de corte, além dos empreendimentos no setor da construção civil. Neto de Milton e filho de Heleno, Saulo Andrade obteve expressiva votação na primeira eleição que disputou para o cargo de deputado estadual, vindo a ocupar, já no primeiro mandato, a presidência da Comissão de Direitos Humanos da Assembleia Legislativa de Minas Gerais, que, junto à Comissão Nacional da Verdade, vem resgatando a dignidade de presos e assassinados pelos órgãos de repressão que atuaram no âmbito dos governos militares do Brasil, entre os anos de 1969 e 1974.

Do Google passei à Wikipedia:

Na juventude, Saulo Andrade foi um destacado líder estudantil, tendo alcançado a posição de membro da direção estadual da UNE – União Nacional dos Estudantes.

Estranho que uma indicação com todo esse peso de sobrenomes fosse parar nas mãos de um investigador de polícia de quem não se tem plena certeza do seu equilíbrio e da sua sensatez.

Verifiquei pelo número que aquele registro não constava do SIPC – Sistema Integrado da Polícia Civil. Mesmo assim, a pasta continha uma cópia anexada do ofício enviado pela Assembleia, endereçado ao Silveira, pedido "providências urgentes". Providências urgentes num caso que tem toda aparência de já haver prescrito sepultou de vez o termo coincidência. A única coisa a não fechar ainda era o fato de o delegado confiar a mim um caso como esse. Um caso de 1981.

Seria o Silveira um sádico perverso? Ou todos os sádicos são perversos? Ou todos os perversos são irremediavelmente sádicos? Ou, que importância tem isso? Investigar um caso com um hiato de quase quatro décadas só pode ser uma piada de muito mau gosto. Tanto tempo assim é capaz de fazer da prescrição ostracismo, do ostracismo desinteresse e do desinteresse esquecimento absoluto.

Por experiência, todo policial, ainda mais aqueles que passam anos e anos lidando com homicídios, sabe como o tempo pode operar, transformando-se no inimigo mais letal de uma investigação. Com a demora, perdem-se as provas circunstanciais, as evidências mais sutis, ajuntam-se interpretações ao caso, direcionamentos, combinam-se versões convenientes que, de tão repetidas, anulam de vez os fatos. E mais do que todas: apaga-se a memória dos lugares. A reconstituição da verdade fica quase impossível.

O manual da polícia orienta partir sempre do menor para o maior. No caso de uma investigação de 1981, pode ser que apenas o relatório tenha sobrevivido intacto. Mesmo assim, não existe nenhuma garantia.

O mais terrível é o caso ter se passado numa área rural. Imagino que o Silveira saiba bem como são esses casos. Talvez ele estivesse apenas testando minha resiliência, meu autocontrole. Quem sabe ele me imagine subindo à sala dele, com essa porcaria de arquivo em punho, jogando sobre a mesa dele e encaminhando em seguida meu pedido de desligamento por incapacidade? Ou pode ser que ele tenha em mente apenas me colocar em um caso sem solução, para poder protocolar uma resposta insossa a um político que ele deseja bajular. Política. "Ah, a política", falaria o Antônio Sílvio, conhecedor profundo desse labirinto. Porque a política é isso: um labirinto.

Em todas as hipóteses que fui capaz de formular, o Silveira não se saía bem. Fiquei com a impressão de que além de estar sendo seguido por alguém era também perseguido pelo novo delegado. Da primeira impressão, eu penso saber me livrar, por ter experimentado antes. Da segunda, terei mais dificuldades. Não gosto de política, não sei fingir simpatia e não tenho paciência para joguinhos infantis de gente afetada.

8 de janeiro – quarta-feira, à tarde

Por cerca de uma hora, o doutor Luís Fernando me deixa ocupar uma espécie de divã de analista para eu falar sobre o que eu quiser. Apesar do tempo de duração do tratamento já haver rompido o limite em que a formalidade inibe a conversa solta, não costumamos evoluir muito além do formal entre médico e paciente. Falo pouco ou quase não falo. Quando resolvo falar, acabo dizendo muito pouco. Vamos nos desentendendo em intenções. Ele quer me ouvir e eu não quero falar. Talvez por isso ele insista tanto no diário.

– Você deve aproveitar, Félix. O Silveira está te dando um caso para investigar. Não é o que você queria? Não quer voltar?

Era melhor mesmo. Investigar e escrever são bem melhores do que administrar a mão cheia de comprimidos. Uma dieta de remédios para dormir, para acordar, para esquecer, para regular o fluxo das lembranças, para afrouxar a dor, para não sucumbir à tentação de dar cabo dessa minha vida. Talvez seja a hora de me testar, de saber se pelo menos ainda sei seguir pistas.

– O senhor fala isso porque não leu o relatório. Uma porcaria. Não tem quase nada, doutor.

Ele riu, depois de me entregar uma nova receita.

8 de janeiro – quarta-feira, por volta das 19h

Avistei a Lúcia, de longe. Eu saí do consultório do doutor Luís Fernando e passei no Buonatrilha, para assistir a umas partidas de sinuca. Quando estava chegando no estacionamento, ela passou, do outro lado da rua. Quis atravessar. Queria falar com ela. Mas ela embarcou num ônibus. Mesmo com um sujeito me olhando da porta do salão, pude reparar na tristeza funda no semblante da Lúcia. Como eu estava distante, já era noite e com a atenção dividida, pode ser apenas uma impressão equivocada.

Lúcia sempre foi muito calma e metódica. Uma mistura de freira com executiva de empresa, como dizia o Éverton. Correta, pontual, discreta e muito, muito eficiente. Eu, o Éverton e o Martins apostamos, certa vez, que ela mantinha um romance secreto. "Um homem casado, talvez", arriscou o Martins. "Ou uma mulher", disse o Éverton. Ela devia estar perto de 58, 59 anos. A gente nunca a viu em outro lugar que não fosse a delegacia e não havia notícia de envolvimento dela com algum colega. Não era falta de pretendentes. O Dalmo e o Martins se estranharam com o Ramiro, um investigador que trabalhara com a gente um tempo atrás. Correu o boato de o motivo da rusga entre eles ser a Lúcia. Ninguém confirmou ou desmentiu. O Ramiro pediu transferência para Uberaba, onde morava a ex-mulher dele, e nunca mais o vimos.

Tenho um palpite de que eram as roupas da Lúcia

o que mais chamava a atenção da gente. Ela dava preferência para camisas masculinas, que lhe caíam muito bem. Camisas desabotoadas na altura do pomo do pescoço. Os ombros simétricos emprestando uma elegância sisuda ao seu porte. Quando se sentava, cruzando as pernas, ela despejava umas canelas muito lisas no nariz do interlocutor. Os cabelos castanhos escuros, sempre apanhados por um rabo de cavalo, deixavam a nuca à mostra. De um modo estranho, no entanto, o conjunto parecia desencorajar os mais afoitos. Meu palpite era de faltar a ela um aceno qualquer à fragilidade, desse que faz ao homem supor condição superior, reforçando uma ideia antiga de masculinidade. Sei lá, é um palpite. Tenho a impressão de que alguns homens precisam sempre afirmar sua vontade de estar no comando das ações. Isso explicaria as razões de que alguns precisem mapear o terreno em que vão pisar. Esse excesso de cautela talvez seja uma forma de tentar controlar os efeitos indesejáveis dos imprevistos. Quanta bobagem, meu Deus! As roupas da Lúcia afetavam a imaginação de muita gente, tenho certeza. Despertavam medo da inversão de papéis, perda da segurança, tão cara aos muito frágeis. É uma suposição minha.

Numa ocasião, quando investigávamos as suspeitas de que um pastor fazia negócios ilegais com a ajuda de um vendedor de carros usados, tomamos um táxi juntos, ambos ridiculamente disfarçados. Ela de peruca loira e eu com um travesseiro, simulando uma barriga enorme. Senti o corpo dela cada vez mais próximo do meu com os sacolejos da rua. Ela exalava um calor energético e provocante, talvez por causa da inédita blusa decotada, deixando entrever a borda de renda do sutiã. Aproveitei o pretexto dos óculos escuros para proporcionar um passeio aos olhos. De relance, alcancei o desenho da boca e pensei, num quase suspiro "que desperdício!" Por pouco não me esqueci que portava uma pistola e que, em alguns minutos, estaríamos prestes a experimentar a tensão de uma ação. Chegamos ao local antes do previsto. O plano era passarmos por um casal, vindo de uma cidadezinha da região, interessado em comprar um carro das mãos dos falsários. Chegarmos de táxi foi ideia dela. "Dá mais credibilidade ao disfarce", ela sugeriu e o Antônio Sílvio aprovou. De mãos dadas, usando alianças, meu braço roçando no braço dela. Dalmo, Ramiro, Martins e Pereira a postos. Fizemos a prisão em flagrante. O pastor, prospectava as vítimas, e o vendedor, era seu cúmplice. No final do expediente, combinamos uma cerveja no Italiano, mas ela não apareceu.

10 de janeiro – sexta-feira, de madrugada

Lembranças me assaltaram o quarto. Tomei dois comprimidos para dormir. Fui até à janela. A rua vazia. Luzes dos postes cobertas por árvores. Sombras. Pensei em telefonar ao doutor Luís Fernando e dizer a ele que estou desistindo, que a lama já me cobre o pescoço, ameaçando me sufocar. E isso deve ser tudo que eu tenho. Lama na alma. Lama, lama e mais lama. Dobro o travesseiro sobre os ouvidos. Não quero ouvir as vozes, os gritos. Não quero ver o corredor, a maca, o nome bordado no bolso do jaleco, não quero ver o sangue escorrendo nas minhas mãos. Os olhos suplicantes desde o espelho.

10 de janeiro – sexta-feira, de manhã

Os recursos para a investigação do caso de 1981 foram liberados. Os papéis vieram com o carimbo da Regional e não constava o nome do novo delegado. Não era o mesmo procedimento de antes.

Encontrei com o Silveira no refeitório. Ele acabara de sair de uma reunião com a chefia e usava um terno que deve custar pelo menos uns seis meses do meu salário. Esperei ele terminar o café para informar sobre a liberação dos recursos e que o arquivo do caso não estava disponível no Sistema Interno.

– Escuta, Félix, todo mundo está fazendo função dupla, ou tripla, como é o meu caso. Não temos pessoal para incluir os arquivos todos no SIPC.

Pediu mais um café, apontando para a xícara com dois dedos, como se desejasse um menor. Ajeitou a gravata e foi falando num tom entre o resignado e o triunfante.

– Os casos de 1990 para cá estão todos disponíveis. E acho que já foi um grande progresso. Não tenho feito outra coisa desde a minha chegada aqui senão esforços, muitos esforços.

Apesar da assumida posição defensiva e da aparente encenação de fragilidade, considerei a conversa fluida e clara, quase natural. Pelo menos não era mais o mesmo sujeito hostil e senhor de si do primeiro contato. Silveira parecia preocupado, dando a impressão de estar recebendo contestação indevida ou resultados adversos, diferentes dos esperados por um delegado jovem, que era quase um recém-chegado. Nem mesmo as sobrancelhas aparadas eram capazes de disfarçar seu estado, como se ele tivesse aberto um flanco e alguém estivesse se aproveitando para abalar seu controle.

Não afasto a possibilidade de a percepção sobre ele estar contaminada pela vontade. Minha experiência com delegados não recomendava simpatias generosas. Até o aparecimento do Antônio Sílvio, os tipos que alternaram no cargo ficavam entre os arrogantes e os inseguros. O caso mais extremado se deu no começo da minha carreira na polícia, logo que optei por trabalhar em Cataguases. Fui designado para um grupo da Narcóticos. Era uma divisão pequena, contando com apenas quatro agentes, um escrivão e um delegado. O volume de trabalho era desumano. Parecia que a Polícia Militar estava se orientando pelo cheiro de maconha para efetuar prisões em variados ambientes. Cheguei a fazer onze diligências em um único dia, somente para levar registros de detenção ao fórum. Um bate e volta nada divertido, sempre em companhia de advogados que demonstravam mais interesse em extrair dos usuários e pequenos traficantes quantias equivalentes a fianças para crimes com maior gravidade. O meu chefe, na época, era um delegado de pouco mais de 30 anos, chamado Leonardo Cerqueira. "Bem-apessoado", como diziam os colegas, logo se deixou seduzir pelo canto da sereia. Fez amizades com alguns figurões, destes que os grandes negócios e a politicagem rasteira fabricam em quantidades razoáveis, passou a dirigir um carro de luxo e a andar rodeado por figuras femininas ambíguas. Rapidamente, converteu sua frequência aos bares da moda em capital social, em chamariz para as amizades de superfície. Aconteceu que uma dessas amizades estava sob a investigação da Divisão Regional de Narcóticos havia quase um ano. Com escutas telefônicas autorizadas pela justiça e um sólido arsenal de provas documentais, o mais recente amigo do novo delegado aparecia como principal suspeito de atuar como investidor em transações nada recomendáveis, que serviam apenas para dar cobertura a negócios ilícitos. A prisão de uns tipos assim constitui sempre um golpe muito duro para o tráfico, e a Divisão Regional estava prestes a levar adiante uma operação delicada, capaz de gerar forte repercussão na cidade e na região, muito em função da imponência do nome que a luz da investigação tiraria da penumbra. Não fosse, é claro, a providencial intervenção do delegado Cerqueira, alertando o suspeito. Nem mesmo as inúmeras fotografias dos dois juntos, almoçando no Braga's ou bebendo em companhia de belas jovens nas tardes da Avenida, foram suficientes para evitar as garras afiadas do Tribunal de Justiça do Estado, que desautorizou o prosseguimento da operação. Fomos parar inclusive na Corregedoria, que por muito pouco não nos afogou na interminável burocracia.

A vaidade, num agente de polícia, costuma ser arrastada com ele para uma vala ordinária. Num delegado, irremediavelmente, costuma abrir muitas delas.

Voltei para a minha sala e comecei a me inteirar do conteúdo da pasta encardida.

RELATÓRIO DE REGISTRO DE OCORRÊNCIA

Na data do dia 25 de novembro de 1981, às 16:45, compareceram os agentes de polícia João Dantas Filho e Clesiomar Pereira da Veiga ao distrito de Vista Alegre, na região rural, numa localidade denominada Safira, para averiguar o aparecimento de uma mão – um conjunto de ossos conhecidos por seus nomes vulgares como falange, carpo, metacarpo e trapézio – formando o conjunto um completo molde do que aparenta ser uma mão humana. O referido conjunto foi encontrado durante o trabalho de uma turma de capina pelo Senhor Jacir Nogueira da Silva, que, na ocasião, encontrava-se subordinado às ordens do Senhor Altino Fidélis, conhecido na localidade pela alcunha de Tininho. Acionada pelo proprietário das terras, o Senhor Armando Ferraz, a Polícia Militar isolou a área e acionou a Delegacia de Polícia Civil de Cataguases, que designou os referidos agentes, cuja atuação requisitou a presença do perito, Santiago Queirós de Pedra, ao local.

E parava por aí. Não incluíram o laudo da perícia e os documentos referentes às providências seguintes, comprovando os desdobramentos da investigação.

A leitura do relatório provocou em mim uma reação desconhecida. Julgava ter visto muita coisa na polícia. A essa altura, não imaginava reunir todas elas no mesmo pasmo absoluto. Um caso de quase quatro décadas, que não produziu como resultado sequer uma identificação da vítima. Afinal, aparece uma mão humana, enterrada num latifúndio, e os responsáveis não se põem a seguir numa procura por um nome, por um rosto, por uma identidade?

Os poucos papéis não davam muitas entradas. Só faziam alimentar a percepção de haver mistério de mais naquilo. Um relatório sucinto, algumas fotografias em preto e branco, uns poucos e lacônicos depoimentos e, enfim, o esquecimento de quase quarenta anos pairando junto a enormes interrogações.

Comecei a considerar que além de sádico perverso, o Silveira também fosse o severo disciplinador do raciocínio do Antônio Sílvio sobre o enquadramento dos "agentes problemáticos".

13 de janeiro – segunda-feira, de manhã

Passei o fim de semana ocupado em providenciar os ajustes para uma mudança. O doutor Luís Fernando sugeriu para eu voltar a morar na minha antiga casa, na Granjaria.

Desde que tudo aconteceu, não consegui fazer o trajeto do portão até a porta de entrada. As imagens retornavam. Tinha mesmo a sensação de poder intervir nos meus gestos, na minha mão, na mesma mão desequilibrada e vacilante do bêbado. Os reflexos roubados pelo álcool. Fazia os mesmos movimentos, várias vezes, com a precisão que me faltou no momento mais agudo, com as reações exatas, no tempo da necessidade de segurar o corpo do meu filho.

Que espécie de homem carrega bêbado o filho no colo e deixa ele cair? Que espécie de homem sou eu?

13 de janeiro – segunda-feira, de manhã, por volta das 9h

Voltei aos documentos do caso de 1981. O Dantas e o Veiga tomaram o depoimento do senhor Altino Fidélis:

Altino Fidélis, brasileiro, amasiado, natural de Leopoldina - MG. Profissão: Encarregado de Turmas de Capina.

Afirma o depoente ser contratado do doutor Armando Ferraz, proprietário das terras situadas na localidade denominada Safira. Compete ao depoente realizar a capina de parte do terreno, na época destinada ao plantio de arroz, quando os tratores abrem as leiras. O depoente afirma ter levado seis homens para a realização do trabalho para o qual foi contratado por expediente de empreitada, sem contrato formal. Ainda de acordo com o depoente, foi chamado às pressas por um dos seus subordinados, senhor Jacir Nogueira da Silva, que lhe informou sobre a descoberta de "uma coisa estranha" na picada aberta no terreno. Narra o depoente ter ido ao local e constatado que se tratava de uns "ossos". Pensou que seu subordinado Jacir tinha voltado a beber, pois o mesmo é contumaz no consumo de cachaça, mas estava parado fazia já um bom tempo. Vendo que os demais se afastaram dos ossos, com medo de ser "coisa feita", o depoente cutucou a vala com a enxada. Como a coisa não destravou da terra, o depoente afirma ter "metido o enxadão" e percebido que era, de acordo com a suas palavras, "um monte arrumado certinho do jeito de uma mão de gente". Perguntado pelo agente Veiga qual teria sido a providência, o depoente narrou que mandou o José Eduardo, que é mais novo, correr de bicicleta na Dircinha, no telefone, e avisar o doutor Armando. Indagado pelo agente Veiga se alguém tocou no objeto, o depoente respondeu que não. O depoente solicita aos policiais que seja dito em seu favor ter feito o sinal da cruz e pedido aos seus homens para tirarem o chapéu em sinal de respeito àquele pedaço de corpo apartado da alma.

13 de janeiro – segunda-feira, por volta da meia-noite

Não consigo dormir. Tomo comprimidos. Chove a noite toda. Érica me rondando a cabeça. Érica sem as mãos. Ela as esconde? Não tem mãos. Ando até a cozinha. Abro a geladeira. Bebo água. Bebo leite com um pouco de açúcar. Seguro o copo com força e nem sei como soltá-lo. Não o deixo desprender da mão. Um passarinho bateu hoje cedo no vidro da janela, caiu no corredor. Terá perdido o bando? Érica. Quero afastar a imagem. Ela aparece e quer me dizer alguma coisa, mas não tem som na imagem. Ela move os lábios. Esfrego, aperto os olhos para alcançar as palavras dela. Érica, Érica. Diáfana, fumaça escorrendo por debaixo da porta. Acordo sem ter dormido, sem saber se dormia.

16 de janeiro – quinta-feira, à tarde

Manchas de óleo, espuma sobre as águas barrentas. Mato bravo, capim-gordura, esterco, barro, pedra pontuda, saibro, moirões de cerca, arame farpado, casas de pau a pique, cercas vivas, bicas d'água, poço artesiano, bambu-verde, mata fechada. A ponte preta, a linha de trem desativada. O rio se aproximando da estrada de terra batida, irregular, esburacada, sequência de solavancos bruscos, nas reduções de marcha. Uma sinfonia composta pelos graves do motor e os agudos trêmulos do vidro. Durante quase quarenta minutos, a estrada faz Vista Alegre parecer próxima do fim do mundo.

Atravessei o centro, contornando a Praça da Saudade. Tomei informação com um cavaleiro e segui pelo mesmo caminho dos carros de bois. As terras da Safira formando um estirão vasto, serpenteando rente à Estrada da Mimosa, seguindo em frente, muito depois da entrada do cemitério.

Havia entrado pela Rua do Velhaco, a rua de cima, como dizem os moradores de lá. Com muita razão, porque Vista Alegre tem mesmo duas ruas: a do Velhaco, que vai da praça aos jambeiros, e a rua de baixo, a Floriano Peixoto, que se estica desde a ponte até o cemitério. As quatro transversais funcionam como se estivéssemos num jogo da velha. Um desenho simples para um pedaço de terra que, se não fosse a estrada de terra ligando com Cataguases, seria uma ilha ou uma espécie qualquer de enseada, com o Rio Pomba cercando por todos os lados. Talvez, por isso, seus antigos nomes tenham sido Barca do Miranda e Boqueirão dos Bagres.

Passei pelo cemitério. Segui o caminho de terra e alcancei a estrada da Mimosa, onde existe um entroncamento. De um lado, Ribeiro Junqueira. Do lado do rio, Leopoldina. No outro, por um caminho de terra, direto ao município do Laranjal. O acesso às terras da Safira é o único com porteiras e mata-burros. Apesar da extensão, a se perder do alcance da vista, nada indica que alguma vez se plantou e colheu alguma coisa naquelas braçadas com monturos, tomando espaços numa disputa para ampliar domínios. Como recompensa, ultrapassar o vale e chegar aos confins dos morros.

Começo a entender que não existe lugar melhor para ocultar um crime do que aquelas terras.

Ao passado improdutivo, o latifúndio da Safira foi acrescentando outras famas entre os comerciantes de terras, com os quais pude conversar no caminho. As opiniões deles se resumiram entre desfazer do lugar: "Não dá nem para milho" e desaconselhar investimentos: "Não punha um tostão para fazer brotar arroz ali". Um outro, mais experimentado em negócios, me falou: "Nem para pasto aquilo serve".

As pessoas não gostam de falar com a polícia. A abordagem precisava parecer interessada somente na autoridade que o trato com os negócios de terra confere. O policial não poderia estar presente à conversa. Quem deveria fazer as perguntas era um igual a eles, também acostumado a avaliar, comprar e vender. Meu esforço para não demonstrar a natureza da sondagem foi resultando no consenso para o imprestável. Aquelas terras, à beira da estrada, por onde passam uns poucos retireiros, que cortam caminho para as raras fazendas próximas, não valiam muito. Por ali residia uma família de pequenos sitiantes, explorando uma nascente na divisa com a Rio-Bahia. Mais adiante, dois granjeiros, uns minguados peões de turma e uns ralos moradores, que ocupavam casinholas de pau a pique. No período sem chuvas, a poeira deve torná-las invisíveis para quem vem desde o cemitério de Vista Alegre. Um trabalhador, enxada no ombro, caminhando rente às cercas, parou junto do carro, tirou o chapéu, fez um gesto de quem medita e falou: "Se o senhor procura coisa boa, não vai achar. Um deserto aquilo. Os antigos falam que já deu até para café. Eu duvido".

Um obscuro caso, ocorrido no século passado, sem identificação da vítima, cujo cenário é um lugar mais parecido com o destino fadado à felicidade da inocência.

Voltava para Vista Alegre, quando avisto um trator.

Não tinha visto nenhum na ida. Desço e me aproximo. Os dois homens me falam sobre a barragem. Um deles aponta para a parte mais alta do morro, a picada aberta no meio da mata.

– A Safira são duas, seu moço. A antiga foi coberta pela água. Se o senhor subir pela mata, vai ver do outro lado, a barragem. A Safira velha não existe mais. Essa aqui é a nova. O povo só conhece essa. Mas, a verdadeira, a água tomou.

Tomei a direção da abertura na mata fechada e fui subindo até chegar ao topo do morro, de onde se pode ver toda a extensão das águas da Barragem do Ingá.

Tenho que verificar a qual Safira o relatório se refere. Seja como for, a certeza de haver coisa muito estranha no interesse de um político importante por aquele caso só aumentou.

17 de janeiro – sexta-feira, pela manhã

Fui informado de que o deputado Saulo Andrade vai estar na região na próxima semana. Só agendariam um encontro reservado se a conversa não "ultrapassar vinte minutos".

Eu não desejo abordá-lo diretamente. Minha ideia é promover uma sondagem gradual e deixar para ele a iniciativa de demonstrar o que, de fato, existe de interessante naquele caso já esquecido faz tempo.

Consulto o Sistema Interno para ver se consigo os telefones do Dantas e do Veiga. Não encontro nada.

17 de janeiro – sexta-feira, à tarde

O Silveira me chamou na sala dele.

– Feche a porta, Félix. – O olhar que ele me lançou pareceu ainda mais agudo do que aquele do nosso primeiro contato.

– Como está indo com o caso da pasta? – Pensei numa tangente, perguntar, "aquilo é um caso?", mas notei a grande ansiedade carregada na voz dele e recuei.

– Bem. – Tentei parecer que não dava muita importância e que não percebia as intenções por trás da conversa.

Ele se levantou da cadeira e veio na minha direção.

– Escuta, Félix, o deputado Saulo Andrade é uma figura importante da política, não só aqui da região, do Estado todo. Se você ainda não sabe, deveria saber que pensam no nome dele para o Governo do Estado.

E debruçou-se, apoiando os dois braços, um em cada descanso da minha cadeira.

– Portanto, se ele acha que esse caso tem importância é porque tem, entendeu?

O tom veio ríspido, quase cuspido, num jato uniforme e coeso.

– Claro, claro. – Fui capaz de balbuciar.

E ele seguiu:

– O doutor Luís Fernando me falou que suas sessões estão indo bem. Não vejo ninguém aqui que seja mais talhado para esse caso que você. Meu pessoal é muito novo, não tem a sua malícia. Confio na sua capacidade, mas, por favor, não me faça nenhuma besteira, entendeu?

Virou-se, dando as costas para mim. Uma das mãos foi parar no cabelo. A outra segurou o cinto.

– Eu sinto muito pelo que aconteceu com você, Félix. Sinto mesmo. Não sei o que eu faria se estivesse no seu lugar. Mas, se está aqui, tem que estar pronto. Não podemos decepcionar o Saulo Andrade, entendeu?

O Antônio Sílvio nunca perdia uma ocasião de alertar seus agentes: "Cuidado com os carreiristas. Esse pessoal é capaz de vender a própria mãe para comprar um cargo". O Silveira, com aqueles ternos caros, perfume com cotação na alta do dólar, relógio banhado no ouro, não me decepciona. O caso das terras da Safira é o seu bilhete premiado. Deve aguardar uma oportunidade como essa desde quando pisou na Academia da Polícia.

Eu devia ficar envaidecido. Afinal, o novo delegado depositava nas minhas mãos, no resultado do meu trabalho, o passaporte dele para a Delegacia Regional ou, quem sabe, para a Secretaria de Segurança Pública. Quem pode adivinhar as pretensões dele? Quanta distinção! Pensei, segurando o riso.

19 de janeiro – domingo, à noite

...quando tomar o ônibus, sem a passagem sugerir um ponto de chegada... a casa, desbotada na palidez, a névoa do inverno... os vultos, desfazendo-se na nostalgia das ruínas... e o que resta?... ausência... uma leveza na cabeça... o filho, adiantado nas estradas do longe, desfeito em pó... as febres das lembranças... alcançando o corpo miúdo, corpo morto... morto meu filho... meu filho morto. Morto.

22 de janeiro – quarta-feira, à tarde

Recebi um comunicado do gabinete do prefeito de Cataguases. Eu deveria encontrar o deputado Saulo Andrade num sítio do prefeito de Astolfo Dutra, o Aires Valente.

O asfalto recente e bem cuidado fez o trajeto entre Astolfo Dutra e o sítio parecer bem menor.

Palmeiras na entrada, chalés, açude e uma casa grande, equipada com as maravilhas para o ócio, que só as muito polpudas verbas públicas podem facultar a alguns poucos privilegiados.

O próprio Aires Valente veio me receber, de bermuda, chinelos, camisa de malha, a barriga em declive sobre a braguilha semiaberta.

– Bebe alguma coisa, inspetor?

– Não, obrigado.

Numa das varandas, um grupo parecia já bastante animado pelas garrafas, que ocupavam boa parte de uma parede baixa, no fundo, próxima a um dos banheiros. O Aires Valente fez um sinal com o queixo, indicando uma mulher alta e loura, que carregava um notebook.

– Fica à vontade, inspetor, o senhor está entre amigos – disse o prefeito, antes de ir se juntar ao restante do grupo dos muito falantes convivas.

A loura se aproximou de mim.

– Boa tarde, investigador Félix. – Desci de inspetor a investigador numa simples troca de interlocutores. Política?

De perto, a mulher pareceu mais jovem, apesar dos traços marcantes embaixo dos olhos muito azuis. Não sei se era o nariz alongado ou se a curva côncava das bochechas, mas, aquele rosto pesava. Não era o tipo que se costuma encontrar com facilidade na região. Imaginei uma ancestralidade germânica, balcânica, eslava talvez, na sua linhagem, enquanto ela me indicava o caminho.

– Meu nome é Ariadna, investigador. Sei que o senhor não veio assinar uma ficha de filiação ao nosso partido, não veio se juntar à nossa coligação. Trabalho com o deputado Saulo Andrade faz bastante tempo. E se o senhor me permite um conselho, por favor, não ultrapasse o tempo combinado. O senhor deve ter percebido, estamos entre amigos, aliados políticos, membros do partido, lideranças regionais, como o prefeito da sua cidade, por exemplo. Mas, estamos em confraternização. O deputado tem trabalhado muito nos últimos meses e hoje é um daqueles raros dias em que ele pode esquecer um pouco da política. O senhor entende, não é?

– Claro, claro.

A longa preleção não me fez achar menos estranha aquela forma de se distrair da política entre políticos. Mas, como gostava de repetir o Antônio Sílvio: "Quem come prego... sabe o estômago que tem". Ou então: "Quem está sempre entre os seus... não trai nem degenera". Alguma coisa assim. As pausas e as modificações antes das conclusões dos ditados eram senhas, que indicavam o pudor dele em dizer obscenidades.

O deputado estava ao telefone. Era uma sala de jogos, presumi pela presença da mesa de sinuca, iluminada por um abajur oval. Assim que ele me viu, apontou uma cadeira pesada, toda de madeira, estofada com veludo esverdeado. Ele puxou outra, mais leve, para se sentar de frente, olhando direto no meu rosto.

– Investigador Félix! – disse num tom efusivo, como se me conhecesse há muito tempo e estivesse experimentando uma grande satisfação em me rever.

Tentei parecer simpático.

– Como vão as coisas? E a família? Érica, não é, o nome da sua esposa? Tudo bem com ela?

Fiquei petrificado, quase vencido por uma ânsia de vômito. Devo ter empalidecido, a ponto de ele notar.

– Ah, desculpe a indelicadeza, investigador. É um hábito. Herdei do meu avô. Coisa de político mineiro, sair fazendo perguntas sobre a família. Perdoe-me, não quis ser deselegante.

– Ah, não... que nada... é que...

– Não precisa ficar embaraçado. Deixemos de preâmbulos.

– É que ela me deixou, já faz um tempo.

Minha reação veio de um lugar desconhecido. Uma zona de fronteira, entre a tristeza e o alívio. Finalmente, eu conseguira materializar na pronúncia o saldo de um esforço grande, que me transportava sempre para o estado de negação da realidade.

– Sinto muito.

– Tudo bem. Está tudo bem.

Ele notou que não estava. Chamou a Ariadna e pediu para me trazer água. Ela depositou sobre mim uma expressão algo maternal ou de quem entende como amparar fraquezas, bastante diferente daquela com a qual havia me advertido para os cuidados com o tempo.

Esperei até ela sair e fui tratando de aproveitar o pouco tempo restante:

– Li o relatório do caso das terras da Safira.

O deputado voltou a se sentar na minha frente, parecendo esquecido do meu quase desmaio minutos antes.

– O senhor deve saber que eu estou presidindo a Comissão dos Direitos Humanos da Assembleia.

– Sim. Sei.

– Pois bem. No momento em que começamos a receber cooperação da Comissão da Verdade, lá de Brasília, uma cópia desse relatório foi parar justo na minha mesa. Foi enviada com um codinome: Júlia. Tem alguma ideia de quem seja?

– Nenhuma.

Os olhos dele ficavam medindo minhas reações.

– Pedi à minha assessoria para se inteirar melhor do

caso. E o senhor não imagina do que se trata...

– Como assim? Esse caso é de 1981, deputado.

– O senhor já deve ter ouvido falar no Armando Ferraz, não?

– Até ler o relatório, não.

– É um escroque.

Eu não estava conseguindo segurar minha ânsia de vômito.

– O senhor acha que aquela mão de ossos tem a ver com ele? Ele é só o dono das terras da Safira, deputado. Foi ele quem chamou a polícia e tudo.

– Acho que é a mão de uma das vítimas dele.

– Espera aí, deputado. Vamos com calma. Que história é essa? A Safira fica num distrito de Cataguases, chamado Vista Alegre. Estive lá não faz uma semana, conheci as terras, é um lugar perdido no tempo e no espaço. Agora tem até uma barragem do outro lado. Água que não acaba mais. Alguém deve ter feito confusão com os documentos. Só pode.

– Compreendo a sua incredulidade, investigador. Eu também duvidei. Até alguns meses, eu achava essa história da mão de ossos uma ficção, digna de romance policial. Mas, agora, temo que não. E os seus colegas Dantas e Veiga devem ter encontrado ele.

– Li o relatório deles, pouquíssima coisa. Como assim, encontraram ele?

– Os dois estão mortos. Assassinados. Foram encontrados numa vala, lá perto de Betim.

Levei algumas horas, sentado ao volante do carro, para retomar a estrada de volta a Cataguases. Um torpor tomou conta dos meus membros todos, fazendo parecer que perderam a energia. A cabeça girava. Tinha dificuldades para me concentrar em alguma coisa. Respirei fundo para afastar a palpitação. Tive uma vertigem. Fechei os olhos e continuei a ver. Uma casa, minha casa, o jardim, Érica, meu filho. O corpo. O caixão. Minha mão coberta de sangue.

24 de janeiro – sexta-feira, fim da tarde

Um pacote de roupas. Invólucro plástico. Fibras. Cabelo. Não, não são meus esses cabelos, lisos, macios, compridos. Óculos, uma caneta esferográfica, bolas de tênis, mas as minhas mãos estão atadas. Afasto minha pistola, o coldre, tiro o cinto. Érica está em casa? Não consigo fechar as janelas.

25 de janeiro – sábado, pela manhã

Recebi um pacote enviado pelo gabinete do deputado Saulo Andrade. Os trabalhos foram desenvolvidos por uma comissão que, com alguma ironia, foi denominada de "Comissão Fantasmas".

No relatório preliminar, os membros da comissão citavam documentos da polícia. Um codinome, Júlia, remetera para a Assembleia, identificando-se como viúva de uma das vítimas de um tal de Seu Ernesto, que seria um torturador e assassino de guerrilheiros. A comissão emitiu parecer por ignorar a correspondência. Os motivos discriminados:

Não existia nenhuma comprovação da existência real do homem conhecido como "Seu Ernesto".

Jamais houve qualquer indício ou registro da existência de cidadãos da Zona da Mata de Minas Gerais envolvidos em movimentos de subversão.

Não há registros ou indícios de combates, ou atuação de qualquer natureza dos grupos guerrilheiros na região.

Ocorre que a carta vinha acompanhada de um mapa, minucioso, do que seria o local exato em que os trabalhadores da turma de capina do Altino Fidélis encontraram a mão de ossos. A indicação fazia referência à Safira antiga, coberta agora pelas águas da Barragem do Ingá.

Seu Ernesto, pelo que pude apurar, ficou muito conhecido no começo dos anos 1970. Segundo um documento elaborado pelas polícias de Minas Gerais, ele era muito eficiente em eliminar pessoas. Por estar a serviço de organizações paramilitares, pouca coisa parece concreta a seu respeito. Em algumas citações, os presos se referiam a ele como um sujeito frio. Em outras, ele aparecia como o torturador impiedoso, capaz de arrancar qualquer informação, com seu método de amputar membros sem anestesia.

Eu conhecia um pouco da história formada em torno da figura do Seu Ernesto. Sabia que diziam da sua ação como matador de aluguel, como agente das operações feitas durante o período dos governos militares. Conhecia o seu alto conceito entre os assassinos e a sua precisão para eliminar guerrilheiros, opositores dos governos, políticos influentes e militantes da esquerda no país. Mas, sempre imaginei que essas histórias pertenciam ao passado, a um tempo muito distante, já quase esquecido e a regiões mais próximas da capital. Imaginar Seu Ernesto agindo em Vista Alegre era um passo bastante arrojado para a minha curta imaginação. Embora, não desconheça e nem releve os mecanismos capazes de inventar, fazendo crescer até romperem as fronteiras da lenda, a fama de ladrões e de alguns homicidas cretinos. Existe uma fatia do gosto popular muito entusiasmada por trajetórias heroicas de figuras do crime. Em especial por aquelas em que o criminoso jamais tenha conhecido o ferro das algemas ou o clamor dos tribunais. Enquanto não se desnuda, uma fama pode ser tão potente quanto a ação de um trator para revolver as terras.

Sempre achei que Seu Ernesto não passava de um personagem, de uma figura inventada, que servia à feição para justificar crimes de execução, de vingança, de eliminação estratégica. Sempre pensei ser mais fácil atribuir os crimes sem solução aos fantasmas. Ninguém procura por fantasmas.

Pesquisei em alguns livros e encontrei até a alcunha dele: "Os Olhos Azuis da Morte". O depoimento de uma mulher, presa pelos militares no Rio de Janeiro, durante um assalto a banco realizado por um dos grupos guerrilheiros, descreve o seu torturador como um "homem alto e de olhos muito azuis". Ela conta ter conseguido escapar da morte deixando-se ser continuamente estuprada pelo ajudante de ordens, até obter os meios para se soltar e fugir.

Nos documentos enviados ao deputado, o remetente revelava em detalhes a rotina do homem que ele assegurava ser o Seu Ernesto. Alguns aspectos da descrição dos locais correspondem a elementos contidos nos depoimentos das testemunhas do aparecimento da mão, que foram ouvidas pelo Dantas e pelo Veiga.

O documento mais importante, que mereceu checagem pela comissão da Assembleia, foi produzido por um militante de um grupo chamado Terra e Revolução. Procurei por registros e não encontrei nem uma linha sobre a existência de um grupo guerrilheiro com esse nome.

Eu teria que saber mais sobre o Veiga e o Dantas para começar a fazer a história andar. E a pessoa mais indicada e a única capaz de manter em segredo meu interesse pelos falecidos colegas era o meu antigo chefe, o Antônio Sílvio.

26 de janeiro – domingo, pela manhã

Como não parava de chover, o Antônio Sílvio pediu que eu o levasse no Italiano. Ele não dirigia mais, por causa de um problema de artrose nos dois joelhos. Uma das filhas estava viajando com o marido e levara a esposa dele junto. Poderíamos conversar sem as investidas da Marilda, mas também sem os divinos petiscos que ela costumava preparar.

Aproveitei que ele estava de bom humor e perguntei sobre os antigos colegas. Não vi nenhum deles desde a minha volta ao trabalho.

– Ninguém dos nossos está mais lá. A Regional promoveu uma faxina completa. Pelo jeito, só restou você. Que ironia, não? – E riu, constrangido como se dissesse uma ofensa.

– Acho que o Silveira é um carreirista.

O Antônio Sílvio se fez de desentendido. Mesmo assim, comentou:

– É um tipo esquisito toda vida. Deve ter lá os botões dele. Todo mundo tem, no fim das contas.

Era o tipo de raciocínio que não combinava com ele. Fiquei com a impressão de o antigo delegado estar forçando uma ambiguidade, esperando até eu me abrir para poder deixar a cautela de lado.

De repente, ele inclinou o corpo e chegou bem perto de mim.

– Félix, escuta, preciso que você me prometa uma coisa...

E, chegando mais perto, pondo a cara na frente do meu nariz:

– Se acontecer alguma coisa, qualquer coisa, promete que vai ligar para mim imediatamente? Promete?

– Acontecer o quê, por exemplo? Não vai acontecer nada. O doutor Luís Fernando disse que estou apto e aquele babaca do clínico confirmou, tem laudo. Estou apto para trabalhar, porra!

O Antônio Sílvio parecia saber de alguma coisa sobre mim que eu mesmo desconhecia. Passou a agir de modo ainda mais protetor, colocando a mão no meu ombro a todo instante, insistindo em falar que eu poderia contar com ele, para o que precisasse. Cortei a conversa e emendei:

— Você sabia que o Dantas e o Veiga foram assassinados?

— Sabia.

A resposta me deixou desconsertado. Não perdi o embalo, pressionei:

— O que é que você sabe sobre o Seu Ernesto?

— Lenda. Ele falou sem ao menos me olhar nos olhos.

Antes que eu pudesse fazer outra pergunta, ele segurou meu braço, me puxando para mais perto dele.

— Eu sei o querem. E, vou te pedir, não faça. Não se mete com esses políticos, Félix. Eles vão fritar você. Vão te fazer voltar...

Interrompeu. Não disse para onde eles me fariam voltar.

— Não vou voltar para o buraco, se era o que você ia falar...

— Ah, deixa disso, Félix. Você parece criança. Esse deputado só quer holofote, quer um palanque para a campanha dele a governador. E o Silveira, bom, vamos lá, você sabe o que ele quer.

— Mas, e o Dantas e o Veiga?

— O que tem eles?

— Assassinados.

— Isso mesmo. Assassinados. Você quer saber por quem? Pelas mesmas pessoas que querem você zanzando por aí atrás de um fantasma. Essa história fede, Félix. Tudo nela cheira mal. Seu Ernesto é uma lenda. Uma lenda! Nunca existiu. E, ainda mais, morando em Vista

Alegre? Quem acredita numa história dessas, acredita em Coelhinho da Páscoa. Faça um favor para você, raciocina um pouco. O que um sujeito como o Seu Ernesto, se ele existe mesmo, estaria fazendo na Safira, no fim do mundo?

– E a mão, a ossada que encontraram lá?

– Acho que você ficou vendo séries de televisão demais. Homem, acorda, o caso foi investigado e não deu em nada. 1981, meu amigo, acorda! O que eles iam fazer? Mandar para a CIA, para a KGB? Com um memorando? "Prezados senhores, solicitamos a fineza de importar tecnologia do futuro para um caso urgente nosso aqui, ocorrido no próspero e reluzente distrito de Vista Alegre". Você assinaria a requisição? Faria um troço assim? Sabe quando as delegacias de Minas começaram a fazer testes de DNA? Tem ideia? Vista Alegre, ah, faça-me o favor, Félix.

Ele foi ficando exaltado. Segurou minha cadeira, prendendo meu corpo com o corpo dele.

– E se você... Bom, suponhamos que você encontre o Seu Ernesto. O que vai fazer? Vai prender o homem? Qual a acusação? Ter sido financiado por um grupo de empresários interessados no combate ao comunismo, é isso?

Quando ficou mais calmo, o meu antigo chefe arriou na cadeira e tomou um longo gole de cerveja. Fiquei olhando para ele, esperando sua conclusão sobre a investigação levada ao relatório pelos dois investigadores, que agora estavam mortos.

Antônio Sílvio pôs de novo a mão no meu ombro e apertou, parecendo querer moer os meus ossos.

– Escuta, Félix. Sempre gostei muito de você. Considero uma lástima o que aconteceu com o seu filho. Mas, já está na hora de você deixar de se culpar.

– Está querendo tomar o lugar do doutor Luís Fernando?

– Seu Ernesto é uma invenção, Félix. Uma invenção que serviu para justificar todo tipo de atrocidade, desvio de dinheiro, acordos, conchavos, política. Política, homem. Política. Só isso.

Pareciam lufadas de grande lucidez na minha confusão de espírito e de pensamento.

Tomamos um café e ele não quis que eu o levasse de volta. Chamou um táxi. Disse que precisava me deixar pensar sozinho um pouco. Eu tinha um vazio enorme me preenchendo da cabeça aos pés.

26 de janeiro – domingo, por volta das 20h

Teresa, a escrivã, me telefona. Soube que eu estava de volta. Conversamos um pouco sobre o passado, relembramos casos engraçados. Não aguentei resistir ao sono e acabei me esquecendo de perguntar o que ela acha da história do Seu Ernesto.

O passado pode ter fios soltos. Esses fios podem jamais se unir a outros fios. Dão o nome de angústia à busca por atar pontas umas nas outras.

27 de janeiro – segunda-feira

Bati na porta da recepção. A moça das panturrilhas protuberantes apareceu. Acabara de chegar e ainda estava com os cabelos molhados. Não parou de chover. A blusa, na cor salmão, unida à pele dela. Os seios, o contorno deles, volta arredondada, culminando num círculo escuro, saltando para junto do tecido, parecendo romper os empecilhos de látex e espuma. Fiquei com algum receio de parecer vulgar, invasivo, indiscreto, deselegante, tudo de uma vez só, como mandam os manuais da indecência machista. Sempre achei horrorosas essas imposições másculas, esses rompantes afirmativos. No fundo, penso que são pura insegurança. Os cachorros urinam, marcando os limites dos seus domínios. Os machos de manual exibem com o olhar e com as incisões do corpo a indecência como código de ética, como declaração de princípios. Aprendi essas coisas fazendo interrogatórios. Os suspeitos, quando não encontram os códigos arranjados numa ordem que eles possam reconhecer de imediato, acabam virando as presas mais fáceis dos contragolpes estratégicos. E, então, confessam com o corpo inteiro o que as palavras buscam negar ou desmentir.

Dei um passo atrás, permanecendo sobre a faixa amarelada. A moça das panturrilhas rijas percebeu meu embaraço e não soube disfarçar.

Quando conheci a Érica, éramos somente dois jovens incertos, prestes a completar os 18 anos. Ela tinha uns cabelos volumosos, revoltos, um sorriso delicado, sedosa pele morena. Achei que o mundo terminaria no exato limite da sua cintura. Ela não gostava, mas, mesmo assim, eu entrelaçava meus braços ali, naquele espaço reduzido, e dava a volta completa, imaginando não existir mais nada para além. Não sei dizer se era só o desejo tolo ou uma realização plena. O fato é que eu apreciava demais daquilo, mais do que qualquer outra coisa na vida.

A moça pareceu esperar meu retorno ao presente.

– Queria as chaves dos arquivos mais antigos – eu disse num volume quase inaudível.

O sorriso moreno, franco, ao me entregar o cartão, turbinou minha coragem. Se algum dia pude ser considerado um bom policial – pode ser que isso tenha acontecido pelo menos uma única vez nesses anos todos – o crédito deve ser dado à minha capacidade de conhecer como nascem as artimanhas. E antecipar o miolo irradiador dos graves prejuízos à sinceridade, que deve ser a base da confiança, sem a qual toda relação desmorona. Um sorriso despretensioso pode causar mais danos à saúde do que um tiro de pistola. Extraídos o projétil, os resquícios de pólvora, eliminados os riscos de infecção, não atingido nenhum órgão vital, um tiro pode não ser fatal. Um sorriso, quando ofertado pela via indireta da malícia, jamais deixa de atingir o alvo e de matar. A pior parte é que não há defesa possível contra um sorriso.

Uma brincadeira de desocupado ou falta de imaginação absoluta pensar em algum sentido para as coisas. Na maior parte do tempo, o destino gosta de brincar, apesar de não ter muito senso de humor.

A consulta aos arquivos de casos mais antigos resultou bem mais proveitosa do que aquela impostura filosófica orbitando entre tiros e sorrisos. Para minha surpresa, parece que, além de mim, mais gente esteve interessada na história do Seu Ernesto.

29 de janeiro – quarta-feira

Contei ao doutor Luís Fernando que eu pegara no sono conversando no telefone.

– Pode ser efeito da medicação, Félix. Falo que pode ser porque é muito leve o que está tomando. Acredito que seja cansaço. Você está fora de forma, deve ser isso.

Omiti as variações da libido. Fiquei com receio de ser somente uma impressão de experimentar picos de desejo intenso e prolongado com retração apática. Minha atividade sexual estava em zero, é verdade, mas nem por isso deixo de ter ereções doloridas, que duram horas inteiras sem qualquer possível alívio.

Não quero mais medicação. Não quero ficar me entupindo de remédios a toda hora. Tantos comprimidos estão me transformando numa pessoa desconhecida para mim mesmo.

29 de janeiro – quarta-feira, final da tarde

Localizei o Ramiro. Ele deixara Uberaba e estava na delegacia de Divinópolis. Falei do perfil que ele fez do Seu Ernesto e das observações que encontrei anotadas num caderno, entre os papéis dos arquivos mais antigos da polícia de Cataguases.

Ao ouvir o nome do misterioso personagem, ele me falou:

– Por telefone, não.

E desligou.

29 de janeiro – quarta-feira, por volta das 23h

"Filho, meu filho, acorda". "Quantos anos você tem?". "Que desenhos lindos! São seus?". "Não esquece de levar o casaco, hein!". "Deve ser aqui, tem uma luz acesa. Quando você vem?". "Está tarde". "Não vou mais incomodar com as minhas músicas". "Que músicas são essas". Como o silêncio é branco, um balão branco, enchendo, enchendo... "Papai!".

E se eu contasse ao doutor Luís Fernando... à noite... vozes... familiares, muito familiares... as vozes... distantes, muito distantes... "Papai?"... vozes... um balão branco enchendo... enchendo... "Papai, papai!"... não quero comprimidos para dormir... não quero dormir. Não quero, não quero dormir!

30 de janeiro – quinta-feira, pela manhã

Recebi uma mensagem de texto do Ramiro: "Cuidado. Não confie em ninguém". Toca o telefone. "Tem uma pessoa aqui, quer falar com o senhor". Vou à portaria. Teresa.

– Vim falar com o seu novo chefe. Aproveitei para dar um "oi". Como você está?

– Que bom, Teresa. Vamos tomar um café?

– Outra hora.

Está diferente. Cortou o cabelo, emagreceu.

Aparece o Silveira. Ela entra no elevador com ele. Fiquei com a impressão de que alguma coisa dera errado naquele encontro entre eles. Uma ideia me rondando. Não acho que era bem aquilo que ela planejara fazer. Dizer que queria falar comigo, depois de tanto tempo, só para dizer um "oi"? E, mais, por que aquele susto quando o Silveira apareceu? Ela não veio aqui justamente para falar com ele?

Nova mensagem do Ramiro: "Farei contato".

1º de fevereiro – sábado, final da manhã

Fui ao supermercado. Minhas gavetas do quarto foram reviradas enquanto estive fora de casa. Como ainda não tivera autorização para portar arma sem estar no expediente, peguei uma faca na cozinha. Rondei a casa toda. Com exceção das gavetas, tudo em ordem.

Dei pela falta de uma correntinha de ouro, presente de quando tinha 6 anos. Estava dentro de um pequeno baú de madeira, na primeira gaveta da cômoda do quarto. Um baú pequeno, lembrando o modelo das antigas arcas de filmes de piratas. Meu primeiro dente, um escapulário, que foi da minha avó, umas conchinhas e uma antiga Carteira de Trabalho, dos tempos em que eu fazia serviços de cobranças para uma loja do centro da cidade. Tudo no lugar. Menos a correntinha.

Tenho feito um grande esforço para não contar ao doutor Luís Fernando sobre a foto da Érica, guardada bem no fundo de uma das gavetas, com as roupas que não uso. Tenho receio de ele pensar que sinto mais falta dela do que... não, não vou conseguir escrever isso. Ainda não. Ainda não.

Por que alguém teria o trabalho de entrar na minha casa e roubar uma correntinha?

2 de fevereiro – domingo, por volta do meio-dia

Choveu a manhã toda. Fui almoçar no Italiano. Nenhum rosto conhecido, apesar de estar lotado. Reparei num homem grisalho, me olhando da calçada, por detrás dos óculos escuros, fingindo falar ao telefone. Usa uma jaqueta de couro preta, calça jeans desbotada, parecendo um playboy de meia-idade. Certeza de que ele não é policial. Não consegue nem mesmo simular uma conversa no telefone. Além do mais, escolheu uma posição muito visível para me observar e, no caso de sofrer uma abordagem pouco amistosa, seria alvo fácil demais.

Enquanto vou ao caixa, o homem desaparece.

Ramiro me manda uma mensagem: "Estou em Leopoldina, no Ritz".

2 de fevereiro – domingo, por volta das 21h

Estacionei ao lado da rodoviária em Leopoldina e não vi o Ramiro entrar no carro.

Ele colocou a correntinha em cima do painel.

– Desculpa, Félix, ter invadido a sua casa. Precisava ter certeza de que posso realmente confiar em você.

Era um outro homem. Amarelo, desfigurado, os olhos afundados nas olheiras escuras, uma magreza assustadora.

– Ramiro?

– Só dirige, Félix. Só dirige.

Fomos em direção à Rio–Bahia. Ele apontou para o cruzamento. Tomei o caminho das Três Cruzes, ele fez um gesto para continuar pela rodovia. Em silêncio. Na altura do trevo de Vista Alegre, acenou, indicando a entrada. Paramos num descampado, à beira do asfalto, já na altura da Vilá Paixão. As luzes mortiças ponteando a escuridão.

– Ele está aqui, Félix. Ele está aqui. O indicador na direção da ponte, depois do cemitério. Riu. Riu de um modo muito triste, como se fosse sofrer um ataque dos nervos.

– Ramiro...

Não me deixou falar.

– Seu Ernesto está aqui, porra!

Apontou de novo para a ponte e para o cemitério de Vista Alegre. Fiquei com a impressão de que ele delirava ou houvesse consumido alguma droga.

Desceu do carro. Acendeu um cigarro e ficou olhando fixamente para o cinturão de árvores, que deixava à vista somente a ponte, a torre da igreja e o cemitério.

– Cheguei perto, Félix. Muito perto.

Encostado no capô, fiquei ouvindo a voz dele, perdendo-se na brisa da noite.

– Vou morrer, Félix. Vou morrer, porra! Tenho câncer. Câncer. Uma porra de um câncer que vai me matar daqui a pouco.

A noite estrelada afastara o dia chuvoso para longe. Uma brisa calma e refrescante vagava livre pelo vale, seguindo o rumo da linha do trem. A Vila Paixão envolta no silêncio. O rio obeso, ignorando limite, margem, opressão das águas. Desmedia forte e ameaçador, ganhando a forma da ira.

Ramiro segurou os meus braços, mirou no fundo dos meus olhos:

— Você pode pegar ele, Félix! Eu sei que pode. Ele está aqui. Aqui.

Voltamos para Leopoldina em silêncio. Quando parei o carro perto do Ritz, ele tinha os olhos chispando, faiscantes, o lábio se contorcendo, convulsivo, as mãos tremendo.

— Tudo o que consegui descobrir sobre aquele filho da puta está aí, no banco de trás. Eu cheguei perto, Félix, muito perto, mas os cretinos não quiseram, não me deixaram pegar ele.

— De que cretinos você está falando, Ramiro? Por favor, seja mais claro.

— Está tudo aí, Félix. Tudo. Agora é com você.

Ele saiu do carro. Acompanhei sua caminhada até o muro de pedras que margeia a escada para a recepção do hotel. O desespero e a urgência deram lugar aos passos arrastados de um condenado. Tenho a impressão de que Ramiro não seria reconhecido por ninguém se voltasse a Cataguases. Não era nem de longe o mesmo homem que disputava a preferência da Lúcia com mais dois dos nossos colegas. Acho que nem eles perceberiam o que a caçada a um fantasma tinha feito com ele.

Uma porta de vidro o engoliu entre as luzes do hotel.

2 de fevereiro – domingo, de madrugada

Não consigo dormir. Não quero dormir. Tenho que permanecer desperto. Não posso dormir. Não consigo dormir. Dormir. Sono. Não posso sonhar. Não consigo dormir.

3 de fevereiro – segunda-feira, pela manhã

O Silveira me pediu para averiguar um caso no Bandeirantes. O sujeito telefona, passando-se por alguém do banco, anuncia que existe uma quantia considerável a receber e pede à vítima um adiantamento para liberar o valor. Daí vai sondando, percebendo quanto a ação pode render. No caso, o sujeito dissera que o cartão de pagamento da vítima fora clonado e estavam fazendo compras com ele. A mulher foi orientada a entregar o cartão a um motoboy. Quando o sujeito percebeu que ela morava sozinha e tinha dificuldades de locomoção, ficou ousado. Fez a mulher assinar uma procuração. Ela se deu conta do que fizera e chamou a polícia.

A senhora descreveu o sujeito com uma precisão impressionante. Poucas pessoas que conheci conseguem guardar tantos detalhes. Os golpistas, de modo geral, evitam exposições ou contatos diretos. São sinuosos e escorregadios ao extremo. Liguei para o perito, o José

Marcantonio, mais conhecido na delegacia pelo apelido, Maisena. Pus a mulher para falar com ele no telefone. Quando cheguei na delegacia, fui até a sala dele.

– Conheço esse cara. Ele tem passagem.

Ligou o computador e foi direto na ficha do sujeito do retrato-falado.

– Num dia de internet ruim, o Sistema não aguenta um papagaio deste.

Traduzindo, a frase significa que o peso do histórico criminal do suspeito precisaria de uma boa conexão para o Sistema Interno não travar.

Acionou a impressora.

– Mostra essa foto para ela, Félix. Se não for esse peça, te pago um almoço no Italiano. Quer apostar que é ele?

Eu não tinha nenhum motivo para duvidar do Maisena. Ele era reconhecido não porque fosse gago, mas pela precisão.

– Você tem alguma notícia do pessoal da antiga, Maisena? Tentei forçar uma intimidade.

– Moço, antigo aqui, só o crime – falou, com a costumeira dificuldade da gagueira, mas sem tirar os olhos da ficha do suspeito.

Eu ri, um pouco sem jeito. Acho que ele se sentiu obrigado a consertar a informação.

– Não viu a turma nova? Só boy e paty. Pros boys, não ligo muito, mas para as patys, ah, moço, melhorou muito o nível, isso sim – disse sem tirar os olhos da tela.

– E o Éverton, o Dalmo, o Pereira... o que foi feito desse povo todo?

– O Éverton está na Regional, em Leopoldina, não sabia?

– Não.

– É, parece que ele não namora mais o padre. – E desatou numa gargalhada.

– Sacanagem – falei, interrompendo a piada.

– O Dalmo tem um frigorífico, em Barbacena. Virou sócio do cunhado no negócio, pelo que eu fiquei sabendo. Não está mais na ativa. Sorte a dele. O Pereira teve uns problemas de saúde, parece que aposentaram ele. E você, por que não aproveitou para pedir aposentadoria? Fosse eu... no seu lugar... ah, desculpa, Félix, não era isso que eu ia falar.

– Não esquenta.

– Pronto. Taí a capivara do pinta. Não esquece a aposta. Se eu ganhar, almoço no Italiano, na mesa do Silveira. E riu.

– Feito.

Tentei demonstrar não ter notado a opinião, que parecia ser geral, sobre a minha volta.

Devo um almoço no Italiano ao Maisena.

3 de fevereiro – segunda-feira, à noite

Apanhei a pasta que o Ramiro me dera e pus na mesa, para ler enquanto jantava. Fiz um risoto de frango e fiquei me lembrando do quanto a Érica detestava minha comida. Uma hora era o ponto, outra o tempero e, de modo frequente, a falta de imaginação para os acompanhamentos. O espólio das minhas boas recordações culinárias conta exatamente com um risoto, preparado às pressas, na véspera da formatura dela. Suponho que o meu filho gostasse dos meus pratos.

A pasta trazia um bilhete enfiado num prendedor de papel:

"Félix, eu era casado quando conheci a Lúcia. Passei por dias muito difíceis e ela cuidou de mim, como ninguém nunca tinha feito. Prometi a ela que resolveria minha situação. Mas, aquela mão, aparecida nas terras da Safira, mudou tudo. Tudo. Ramiro."

As perguntas. Nas perguntas, mais, muito mais do que nas respostas, reside o poder de conduzir o leme da vida. Nunca engoli a história da transferência do Ramiro para a mesma cidade da ex-mulher dele. Mas, a interrogação gigante se dividia em duas metades desabando sobre a minha cabeça. Na metade do lado esquerdo: quem teria interesse na transferência? Na metade do lado direito: por que ele aceitou sem denunciar?

Enquanto lavava as vasilhas, dei razão à Érica sobre o meu risoto.

4 de fevereiro – terça-feira, de madrugada

Hoje, pela primeira vez, escrevo o nome do meu filho. Felipe. Um nome lindo. Um nome lindo. Felipe. Não vou contar ao doutor Luís Fernando na sessão de amanhã. Não vou. Quero guardar só para mim, aqui num espaço do peito, o gesto da minha mão, fazendo os contornos das letras, o nome surgindo nelas. Felipe. Felipe. Fui eu quem escolheu seu nome, meu filho. Fui eu. Sua mãe tinha outros planos, desejava uma menina e ela deveria se chamar Paula. Ela falava, fazia planos, a filha seria médica, não se casaria, não teria filhos, ela não queria ser avó, porque ela não queria envelhecer, porque ela teria enfim alguém com quem pudesse conversar sobre a solidão, sobre a frieza dos corpos que se tocam sem se tocar, dos encontros sem comunhão, dos abismos da alma, do inferno, aberto à espera de um corpo que apodrece, apodrece, apodrece.

Felipe, meu filho. Fui eu quem escolheu seu nome, meu filho. Meu filho. Fui eu.

6 de fevereiro – sexta-feira, à tarde

A Lúcia mora numa chácara, no São Caio, com a mãe e três cachorros. Não tem campainha. Bato palmas e o portão de ferro treme. Patas imensas sobram nos vácuos dos ferros. A ferocidade agressiva, contida apenas por um ajuntado de chapas mareadas pela ferrugem. Batem em retirada sob o comando da voz feminina e o portão se abre. Uma casa com janelas gradeadas, quintal, plantas, árvores de frutas e uma cadeira de balanço vazia na varanda.

A impressão anterior sobre a sua tristeza se confirma nos fios dourados dos cabelos, repartidos ao meio, e nos ombros arqueados.

Lúcia me recebe e durante pouco mais de uma hora e meia o tempo parece ausente, recolhido a uma insignificância que o faz impotente diante da torrente das lembranças. É o passado que me leva a ela. Um passado teimando em sujar as águas contínuas do presente.

O reencontro teve o poder de afastar o calor da minha lembrança. Senti uma inclinação de manter sob tutela a centelha de desejo, que a recordação do banco de trás do táxi aquecera. Embora ela tenha mantido intactas as formas do corpo, apesar de mais volumosas, aquela tristeza aferrada ao opaco dos olhos teve o poder de me lançar de volta à beira do asfalto, às luzes silenciosas da Vila Paixão, cúmplices do pacto, do compromisso que o destino, com a sua cega indistinção, se encarregara de selar com o sangue dos mortos.

Lúcia suspeitava ser filha de uma das vítimas do Seu Ernesto.

– Aquela mão, Félix, aquela mão pode ser a mão do meu pai. Já imaginou? O Ramiro estava reunindo material, provas para levar adiante uma investigação mais profunda. Aí, você sabe...

Fiquei olhando para ela, segurando as suas mãos, enquanto os cachorros desandavam a latir.

7 de fevereiro – sábado, à tarde

O nível do Rio Pomba continua a subir. Os moradores ribeirinhos foram alertados para a previsão de mais chuva nas cabeceiras. As notícias que chegavam de Ubá, de Astolfo Dutra e de Dona Euzébia davam notas sobre a previsão das alterações no volume das águas do Rio Xopotó.

Almocei com o Maisena no Italiano.

– É verdade que você está investigando a história do Seu Ernesto?

O tom artificialmente natural contrastou com o apetite das garfadas no filé mignon ao molho madeira, que ele pediu como pagamento da aposta.

– Quem te falou isso?

– Moço, eu sou perito, esqueceu?

Não. Não esqueço as coisas. E começo a achar um incômodo muito grande não conseguir esquecer.

8 de fevereiro – domingo, de manhã

No meio do material da investigação do Ramiro, uma folha de papel pautada, parecendo arrancada de um bloco de notas, guardava semelhanças com aquelas que os agrimensores usam em trabalhos de campo. As anotações eram trêmulas, como se fossem feitas em uma superfície improvisada. Marcas esverdeadas denotavam contato com mato. Seria aquela anotação resultante de observação *in loco*?

"Um homem de aparência forasteira. Galego, alemão, italiano, leitoso, sueco, branquelo, ruço, leite azedo, porco duroc que, foram se alternando, uma vez que ninguém foi capaz de saber o nome de certidão. Um homem sozinho, que cortava, descascava, media, serrava e assentava madeira que, aos poucos, tomava feitio de casa. O mato cresce em volta, indiferente à cerca reforçada por novos moirões e mais, muito mais, arame farpado".

Passei boa parte da manhã debruçado sobre aqueles papéis.

12 de fevereiro – quarta-feira, à tarde

– Como está o sono, Félix?

O doutor Luís Fernando deixara crescer um pouco a barba rala. Fiozinhos esbranquiçados despontavam entre os demais, castanho-escuros. Um homem sólido, distribuído pela elevada estatura, já se curvando ao tempo. Óculos de armação de titânio, leves, desenho arrojado, empurrando os olhos e o rosto para o fundo. Se ele for a algum lugar, os óculos chegam antes, pensei. A voz suave e aguda conferia às palavras um conforto de segurança um tanto exasperador. Homem de ciência, sem dúvida, apesar de sua dedicação ao trabalho passar uma impressão de ser animada por uma infinda curiosidade pela alma humana. Não costumo me enganar sobre os homens bons. Pena mesmo é não ter a mesma qualidade de avaliação quando me encontro diante daquelas figuras que entopem a delegacia todos os dias.

– A verdade, doutor, é que nunca consegui dormir bem. Tenho ossos demais nos meus armários, cadáveres como inquilinos e uma enorme má vontade para faxina.

Ele riu. Era a primeira vez que eu admitia os ossos, os cadáveres, a preguiça com as empreitadas que possam me trazer mais espaços para alojar novos esqueletos, agora completos. Vi uma lâmina tomar o olhar do psiquiatra. Se ele pudesse, pensei, dissecaria meus órgãos, numa autópsia capaz de dilacerar essa minha couraça fingida, por trás da qual escondo meus medos todos.

12 de fevereiro – quarta-feira, por volta das 23h45

Felipe, meu filho. Érica, minha esposa. Preciso escrever seus nomes aqui, nesse diário que o psiquiatra me recomendou fazer. Preciso indicar suas funções na mecânica de uma engrenagem cujas peças sofreram violenta corrosão. As certezas da confiança afastaram minha atenção à necessária manutenção das frágeis correntes. Imaginei que cada uma das peças exerceria sua autonomia funcional, em repetições sincrônicas. Tempo, compassos. Tempo e compasso. Compassos e tempos. As mesmas correntes acionando a inércia. As mesmas correntes, contínuas. A mesma respiração compassada no tempo, no mesmo tempo, ao mesmo tempo. A produção da força, capaz de reduzir os pesos e mover os objetos de lá para cá, daqui para lá, de um extremo ao outro, reduzindo o esforço que, afinal, sufocava os atritos, abafavam os sons das coisas gritando, chocando-se no tempo. Um elo quebrado, um elo que se trincou, puiu, corroeu, danificou. A sincronia travada. O movimento fora de lugar. Ficam inúteis. Todo esforço para restaurar a engrenagem resulta inútil quando falta uma peça.

13 de fevereiro – quinta-feira, pela manhã

O Rio Pomba transborda. Cobre as quadras do Clube do Remo, as ruas do Beira Rio, a Reta da Saudade. Entra na rodoviária. O ribeirão Meia Pataca alcança a avenida que leva o seu nome. O Córrego Lava-Pés faz da Avenida Astolfo Dutra um pântano. O Romualdinho alaga a Vila Domingos Lopes. A Prefeitura Municipal de Cataguases decreta Estado de Emergência.

Silveira me chama à sala dele. Na véspera, eu havia solicitado um mandado. Queria verificar uns documentos, umas escrituras no cartório de Vista Alegre. Mas, com as enchentes e os deslocamentos restritos, o juiz passou a dar prioridade aos casos mais urgentes.

– Não vai dar, Félix. Não posso autorizar sua ida a Vista Alegre. Aliás, por falar nisso, como vai o caso?

– Sem novidades. Acho que vamos poder arquivar logo.

– Excelente notícia. O deputado Saulo Andrade vai ficar muito satisfeito.

14 de fevereiro – sexta-feira, de manhã

Acompanhei o agente Marcelo, o musculoso do braço tatuado, numa diligência. Não foi fácil encontrar um caminho alternativo. As ruas alagadas obrigaram a uma volta longa, que evitava o centro da cidade e o Largo da Estação. Subimos pelo morro do Senai, descemos pela Avenida Humberto Mauro. A velocidade e o arrojo das manobras já estavam me incomodando.

– Como é o nome do bacana?

– Quem?

– O bacana aí, que a gente vai dar uma cadeia nele.

– Jurandir. E pelo que está no mandado, só vamos apreender um computador.

Ele não gostou da notícia.

Quando chegamos, Marcelo parecia disposto a demolir o portão com uma voadora.

– Esses bacanas babacas são todos iguais. Olha só a casa desse cidadão. Parece mais um motel. Vai ter mau gosto assim lá na casa do caixa-prego. Ele falou, fazendo menção de meter o pé no portão da casa.

– É.

– Porra, Félix, se esse cara folgar, vou enfiar a porrada nele. Meu lance é pé na porta, entendeu? Esse negócio de abordagem civilizada, comigo, não rola. Se esse pinta fizer jogo duro, passo o rodo geral nele.

E fez uma base, pondo-se em guarda como um lutador de MMA.

– Calma, amigo, para todo super-homem tem uma criptonita.

Ele ficou tão desarmado que começou a rir e a olhar para mim com uma franca expressão de incredulidade.

O tal Jurandir abriu o portão com o controle remoto. Do alto da sacada, exibiu a calva e o nariz achatado na ponta. O corpo fino, enfiado numa combinação *degradée* de camisa de manga longa escura e calça jeans clara. De onde eu estava, não conseguia ver se ele calçava sapatos, tênis ou sandálias, mas não pude ignorar o tamanho do relógio, cuja correia era muito mais robusta do que o punho dele.

Um rottweiler nos observou. Tive a impressão de que a sensibilidade canina já antevia os vestígios da decadência. A presença da polícia na casa devia soar para o cachorro como um arremate amargo somente.

– Polícia! Levantei o mandado.

O cachorro não latiu, não esboçou hostilidade. Marcelo sacou a arma, destravou-a e entrou na casa. Contrariando o manual, deixei a minha descansar no coldre. A postura do cachorro não deixava dúvidas: estávamos diante de um homem derrotado, traído talvez pelos delírios de grandeza que a ambição desmedida é capaz de instigar. O mandado de busca e apreensão vinha em socorro de um desatino. Alguns poucos móveis e uma caixa aberta de uísque importado, estacionada na bancada da cozinha, formavam a paisagem. Ninguém mais na casa, a não ser o cachorro.

Como não achamos o computador, Marcelo entrou em ação, calçando as algemas no "bacana". Estava satisfeita sua necessidade diária de "dar cadeia" em alguém.

Uma náusea. Ânsia de vômito. Vertigem. Pedi um tempo ao colega, que já acomodava o homem no banco de trás. Respirei fundo. O ar da manhã foi me restabelecendo.

Entrei no carro. Jurandir olhava pela janela.

– Achei que vocês nunca chegariam – ele disse.

17 de fevereiro – segunda-feira, de manhã

Apesar da advertência feita pelo Ramiro, entrei na Sala de Perícia, fechei a porta e fui para bem perto do Maisena. Ele se assustou. Olhei bem nos olhos dele.

– Acho que o Seu Ernesto cometeu um erro.

– Que loucura é essa?

O perito tinha os olhos faiscando e o lábio inferior tremia.

– Isso é loucura, Félix. Loucura.

Antes que ele prosseguisse, atirei uma antiga escritura sobre a mesa. Lívido, Maisena me deixou assustado com a sua palidez repentina. Achei que ele fosse desmaiar. Nunca o tinha visto tão impressionado. Esperei até ele retomar a concentração.

– Seu Ernesto usou a Safira para enterrar suas vítimas.

Deixou cair os ombros, o queixo e pôs as mãos em cima de uma caixa de metal.

– O Armando Ferraz comprou todas as partes da Safira demarcadas pelo processo que ele mesmo moveu contra a construtora da Barragem do Ingá. Os antigos donos foram retirados das terras por força de um acordo na Justiça.

Uma grande interrogação ficou pregada na cara do perito.

– A localização das terras, Maisena, a localização das terras é o truque dele. Ali é Laranjal de um lado, Ribeiro Junqueira de outro. Na parte de cá é Cataguases e do lado de lá do rio, é Leopoldina. Nenhuma das polícias quis assumir ou conseguiu assumir o caso e ele veio parar no arquivo daqui.

– Eu sempre achei que você fosse mesmo meio doido, Félix. Mas, agora, moço, você pirou de vez. Essas merdas do doutor Luís Fernando estão te deixando mal. Que merda você está tomando, moço? Não estou entendendo porra nenhuma do que você está falando.

Falei da investigação do Ramiro, do material coletado, do modo obstinado, metódico, com o qual ele seguira os passos do Seu Ernesto. Maisena me olhava pasmo e incrédulo.

Arrematei:

– O Ramiro só não percebeu que a Safira é a chave

de tudo. O Armando Ferraz conseguiu uma liminar e barrou a venda integral das terras. A Justiça ordenou uma nova demarcação, uma medição diferente. Então o Armando Ferraz acabou, sem saber, comprando a parte onde fica o cemitério clandestino do Seu Ernesto. Por isso, acharam aquela mão enterrada lá, entendeu?

– Porra!

– Preciso da sua ajuda, Maisena!

– Eu? Mas, eu...eu sou só um perito, Félix.

– Acho que sei de quem é aquela mão.

– O perito aqui, na época, era o Santiago Pedra. Lembra dele?

O Ramiro não me perdoaria se soubesse, mas passara o fim de semana inteiro debruçado sobre aqueles papéis e não estava mais aguentando guardar, sozinho, remoer a tralha do arranjo, a Safira, as terras, eu ainda não sabia se o Armando Ferraz estava envolvido. Muita coisa para um convalescente. Muito para os meus nervos bambos.

17 de fevereiro – segunda-feira, ainda de manhã

O telefone do Santiago Pedra não estava no Sistema Interno. Liguei para a moça das panturrilhas torneadas e ela me disse que o antigo perito solicitara não permanecer cadastrado. Liguei para a Lúcia.

– Ele nunca teve telefone, Félix. E agora, com essa enchente, deve estar ilhado lá no Primavera.

Uma energia descontrolada, quase me sufocando, tomou meu peito. Comecei a respirar mais depressa, sentindo uns formigamentos na altura do pescoço. A sala toda crescia e encolhia, ao mesmo tempo. Quis gritar. Abri a gaveta, empurrei dois comprimidos goela abaixo e fui me encolher num canto, segurando as pernas.

Tem cotovelos de criança o homem. O homem tem cotovelos infantis por baixo da manga dobrada. Respiro. Inspiro. Solto o ar. Inspiro. As janelas não são de madeira seca. Não tem máquina de costura por aqui. Respiro. Inspiro. Solto o ar. Solto o ar. O ar.

Eram 15h quando consegui sair da sala.

18 de fevereiro – terça-feira, pela manhã

Se o doutor Luís Fernando souber o que se passou comigo ontem, retira minha liberação para trabalhar. Tenho certeza disto. Não, amanhã, não vou contar para ele. Não vou dizer nada a ninguém. Não vou falar que a minha respiração dispara e que o coração parece disposto a saltar do peito. O ar me falta, a garganta me aperta, me sufoca como numa esganadura. Os joelhos querem dobrar para frente. Se eu me sento, piora. Não encontro um ponto para me fixar até retomar o ritmo dos batimentos cardíacos voltarem aos níveis anteriores. Uma nuvem negra se forma diante dos meus olhos, a cabeça roda e eu só penso em correr. Para onde? Para onde?

18 de fevereiro – terça-feira, à noite

O pai da Lúcia pertencera a um grupo chamado Vanguarda Popular Terra e Liberdade – VPTL, que atuou em cidades pequenas da Zona da Mata de Minas, assaltando bancos para ajudar a manter a guerrilha armada. Usavam explosivos desviados das instalações do Exército em Juiz de Fora. O grupo foi oficialmente desmobilizado por volta de dezembro de 1971 ou janeiro de 1972, num grande estouro de aparelhos em Belo Horizonte.

Nos registros que encontrei, ele fora bancário. Existem documentos da sua aprovação para o Banco do Brasil e da sua filiação ao Sindicato dos Bancários, datada do mês de março de 1963, quando teve início uma onda de graves país afora. Na certidão de nascimento da Lúcia, ele aparece como Carlos Eduardo Fernandes Tostes.

Ao aderir à luta armada, em 1970, ficou conhecido pelo codinome Aranha. E, então, as suas identidades tornaram-se veredas sombrias. O dedicado funcionário da Carteira Agrícola do Banco do Brasil não parece em nada com o assaltante de bancos fichado pela polícia.

O Ramiro conseguiu os registros de uma investigação

da Polícia Civil de Belo Horizonte, com uma lista de suspeitos na qual aparecem as fotografias do Aranha. Mas, não era o mesmo homem das fotos que a Lúcia tinha em casa. Não eram a mesma pessoa.

Quatro integrantes da VPTL foram mortos em operações da Polícia Militar. Um cometeu suicídio, ao ser descoberto num aparelho em Juiz de Fora. Havia uma informação, obtida com a ajuda de instrumentos de tortura, de que outros três integrantes conseguiram escapar. Ninguém soube mais do paradeiro deles. Suponho que o pai de Lúcia tenha sobrevivido ao cerco e uma troca de identidades deu a ele um salvo-conduto para uma nova vida, livrando-o de ser preso ou morto. Carlos Eduardo, portanto, não deve ser o seu verdadeiro nome. O Fernandes Tostes deve ser um empréstimo ou uma invenção. Lúcia tem um sobrenome emprestado, ou falso. Toda história dela, talvez, seja somente um amontoado de empréstimos, de registros postiços, de invenções. Uma vida construída para ser preservada de ameaças vindas do passado, desse novelo de fios soltos.

Seu Ernesto não é um criminoso comum. Suas vítimas não são aleatórias. Seus crimes devem obedecer a métodos e finalidades. Ele agiu nas sombras, torturando, matando, servindo a interesses de grupos sem rosto e sem nome. Tortura e morte. Terror e violência. Um homem letal. Uma lenda que começa a perder a sua aura.

19 de fevereiro – quarta-feira, pela manhã

As águas do Rio Pomba baixaram e a cidade ficou um lamaçal fedorento. A Prefeitura anunciou o cancelamento do Carnaval. As chuvas continuam.

Na calçada da delegacia, uma poça enorme fazia os pedestres se arriscarem na rua. Soube que o Silveira telefonou para reclamar com o prefeito da falta de manutenção. Fiquei surpreso com a atitude dele. Quando o encontrei, saindo pelo pátio, ele esbravejava, dando braçadas no ar. Esperei até ele se acalmar e falei sobre a necessidade de um mandado para poder ir ao cartório de Vista Alegre.

– Félix, meu nobre, com tanto problema por aqui e você quer que eu pressione o juiz para poder ir revirar papel velho em cartório de distrito? Dá um tempo, amigo. Vai lá, mete a funcional na fuça do tabelião e pronto. Ninguém vai reclamar. O cara deve morrer de monotonia num fim de mundo como aquele, no meio de tanto papel mofado, empoeirado, sei lá. Se não morrer de tédio, morre de alergia, que dá no mesmo. Encerra logo essa porcaria, Félix. Encerra e pronto.

Diante de tanta delicadeza, lembrei de uma música do Tom Zé, que, numa época, eu ouvia sem parar, para desespero da Érica, que detesta música brasileira. "Vestir toda minha dor/no seu traje mais azul/restando aos meus olhos/o dilema de rir ou chorar". Quando a Érica queria me espezinhar com mais requinte do que o de hábito, recorria sempre ao meu gosto musical. Ela aproveitava para me desacatar, aplicando uma aproximação de juízo envolvendo os sujeitos das canções que eu ouvia à sua apreciação da minha personalidade: "Quando o cara não é um cafona, com dor de cotovelo, é um covarde incapaz. Dos dois, o que mais se parece com você é a mistura do que há de pior neles, a cafajestagem". Que humor terrível, meu Deus, que humor terrível! Só as razões do corpo são capazes de suportar por muito tempo os caprichosos caminhos da descomunhão total ou as vontades abjetas do espírito.

19 de fevereiro – quarta-feira, depois de sair do consultório do doutor Luís Fernando, por volta das 18h

Experimento sucessivas crises de choro. Um choro convulso. Nos últimos dias, com mais frequência, com mais regularidade. A dor me apanha distraído, revira minhas entranhas. Pelo avesso, acende luzes potentes sobre mim. Luzes que produzem sombras fundas. Dilacerado, só sou capaz de desenterrar palavras impuras, despindo-se sozinhas da sua pelagem. Com isso, ficam insuportáveis. O choro é uma resposta do corpo, me diz o psiquiatra. Penso nele mais como num atalho, um alívio protetor contra o medo. Quem pode supor o alcance que a dor almeja obter? Ela tem planos? Deseja retornar ao local do crime? Cometemos crimes impensados, que nenhum remorso é capaz de atenuar a pena.

20 de fevereiro – quinta-feira, pela manhã

A titular do cartório de Vista Alegre deve andar pela casa dos 50 e poucos anos, talvez. Toda a sua figura parece deslocada. No tempo, os braços delgados, as mãos muito finas, a voz pausada e disposta. No espaço, teria saído de uma caixa lacrada, que a preservou de ser arrastada pela ruína?

Aferrada ao procedimento, pôs em cima do balcão o livro de registro para eu assinar.

– Como não tem um pedido do juiz, o senhor não vai poder consultar os registros de compra e venda com despacho judicial. E vai ter que consultar os outros aqui mesmo.

Perguntei se o cartório dispunha de um espaço para consultas mais demoradas. Ela parecia preparada. Moveu a dobradiça de madeira do balcão, apanhou um molho de chaves no cabide de jaspe e abriu uma porta lateral. Enquanto ela fazia o ritual, fiquei reparando na cor dos seus olhos. Um amarronzado lustroso, castanho-claro.

A porta guardava uma sala maior, cheia de divisórias afixadas desde o chão até o teto. Apesar da infinidade de pastas, o lugar exibe uma organização impecável.

Tive tempo de notar o laçarote preso à cintura do seu vestido de pregas longas, os sapatos revestidos de camurça. Quando ela atravessou para travar a porta no batente, fiquei a um palmo do seu rosto fino e quase sem rugas, em parte coberto pelos cabelos, terminando numa cova sutil na ponta do queixo.

Quando eu era adolescente, gostava muito de ler romances, mas só me interessava por histórias do século XIX. Fui desenvolvendo uma verdadeira fixação por acompanhar as minúcias das *toilettes* femininas. A moda impregnando o vestuário com os preconceitos sociais todos. Se os homens respeitáveis envergavam sobrecasaca, ignorando as diferenças dos climas da Europa e dos Trópicos, as mulheres deviam penar ainda mais com o peso daquelas armações cheias de *corselets* e espartilhos. Ficava pensando no sofrimento delas para acompanhar os códigos da elegância, que eram sempre deslocados. Os prazos das longas viagens transatlânticas a bordo dos vapores atrasando por estações inteiras o compasso dos gostos. Eu achava engraçado e ficava imaginando o que seria uma sociedade elegante na Cataguases desta época, por exemplo. A tabeliã, por um instante, me fez voltar a um tempo em que a minha única preocupação vinha do fato de não ter preocupação alguma.

Mas, por alguma ironia, o destino transformou o adolescente fascinado pelo passado em um adulto que só quer esquecer.

Passei a manhã toda lendo documentos e fazendo anotações, até a tabeliã aparecer na porta da sala.

– Vamos almoçar? Foi um anúncio, não um convite.

– Vou ter que continuar à tarde – eu disse, sem saber muito para onde ir.

– Detetive, Vista Alegre não tem restaurante. O mais próximo fica a vinte quilômetros, em Leopoldina. Imagino que o senhor não vá querer se deslocar até lá para voltar depois.

– Não. Não se preocupe. Como alguma coisa num bar desses por aí.

– Desculpe não oferecer um convite ao senhor para almoçar comigo em casa. Sou solteira, o lugar é pequeno e o senhor deve saber melhor do que eu como as pessoas são.

"O mundo não é o melhor lugar do mundo", o Éverton gostava de dizer, quando chegávamos juntos numa cena de crime. Eu devo acrescentar agora, diante do embaraço enorme de uma mulher adulta, autônoma, livre, lúcida, capaz, consciente e responsável pelos seus atos: "é ainda pior para as mulheres". Que tipo de lugar saudável pode surgir da condenação da liberdade, como sacrifício para ajustamentos, forjando consensos pela violência de sufocar? Um mundo de modelos, como numa série na linha de montagem?

A Érica sempre me achou um sujeito sem graça. Casou comigo por pura falta de opção. Nunca sentiu amor. Jamais teve uma nesga de carinho por mim. Sufocou. Reprimiu. Violentou. Calou a sua vontade de gritar ao mundo que sempre nutriu ódio. Nem mesmo quando ela me disse que estava indo embora foi capaz de arrancar de dentro dela a raiva, o arrependimento, a certeza da escolha infeliz que fizera.

Fui comer um sanduíche de frango num bar na Praça da Saudade.

20 de fevereiro – quinta-feira, final da tarde

Revisei minhas anotações e percebi que as terras negociadas em Vista Alegre entre os anos de 1971 e 1981 formam um padrão. Todas elas se referem a grandes porções que viraram pequenas e depois cresceram de novo. Latifúndios disfarçados nas escrituras. Quase não houve venda de lote e o comprador é sempre o mesmo. Precisava cruzar mais dados para ver se valia a pena seguir a pista que me levava ao Armando Ferraz. A prudência, no entanto, mandava fazer voltar a arma ao coldre.

20 de fevereiro – quinta-feira, por volta das 22h

Quantos ossos cabem num armário? Com quantas úlceras se faz uma frase? Quanto sangue será preciso verter para costurar um gesto de afeto? Estou chegando perto, meu amigo, muito perto. O espelho, no entanto, só tem olhos para ausências. Ausências subterrâneas, que ficam ameaçando com estilhaços agudos. Pergunto a ele como, se o vejo peça inteiriça. Claro que ele não responde. O silêncio é a sua melhor estratégia de corrosão. Leva um tempo até que se torne insuportável, mas a mancha escura e disforme assume a postura altiva. Qualquer esperança de reconhecer sua insignificância é vazia ou nula. Vulto, sombra, espectro? Mal sabem eles que preparo uma vingança fria, com luvas de cálculo e método. Rosa, pétala, flor, máscara. Súbito o segredo carcomendo as molduras, enquanto só a fotografia apodrece na gaveta.

20 de fevereiro – quinta-feira, por volta das 23h25

Telefono para o doutor Luís Fernando. Estou disposto a falar que tive um filho chamado Felipe, e que ele está morto. Morto. O meu filho. Meu único filho. Desliguei assim que atendeu. Tomei comprimidos. Muitos comprimidos. Valium, Lexotan, Diazepam, substâncias, química, Imipramina, Clomipramina, Amitriptilina.

Desipramina, Nortriptilina, Fluoxetina, Paroxetina, Citalopram, Escitalopram e Sertralina, seriam esses, essas, nem sei mais. Quatro anos e me tornei refém das sombras. Elas saem do porão, do armário, das gavetas e, à noite, quando o silêncio parece me afastar para longe, elas vêm, solicitam minha atenção concentrada, roubam meus restos de luz. Mergulho na penumbra, sigo pelos cômodos, hesitando entre gritar e sacar minha pistola. Mas estou desarmado. Desalmado. Completamente desarmado, desalmado e indefeso.

21 de fevereiro – sexta-feira, por volta das 5h15

Vejo nascer a manhã. Chuvosa como as outras, faz tempo. Nunca houve um verão como este. Chuva, frio, enchente, barro. Chuva, frio, enchentes, barro, barro e barro, numa conjunção, num conluio de associação, num concurso de soturnidades.

21 de fevereiro – sexta-feira, por volta das 9h

Estou de volta ao cartório de Vista Alegre e o Silveira me telefona, perguntando sobre o caso. Não digo onde estou. Inventei umas chatices do fórum, falei que estava com o promotor. Estratégia arriscada, sem dúvida. Mas, necessária. Eu não tinha mandado e ele não ia fazer nenhuma força para que eu conseguisse um.

Num dos registros, de 1968, as terras da Safira pertenciam a Décio Brício de Castro Ferraz, pai do Armando Ferraz. Em junho de 1979, Décio Brício vendeu tudo para uma empresa de nome Montreal Ground Incorp, com sede no Canadá. Um grande negócio. Os canadenses estavam comprando todos os terrenos na divisa dos municípios de Laranjal, Leopoldina, Cataguases e Ribeiro Junqueira, com vistas à construção de uma barragem no Rio Pomba. Meu palpite é que eles seguiam o curso do rio, orientados pela facilidade de acesso para o maquinário pesado.

Nas investigações do Ramiro, a tal empresa era somente uma fachada. Analisei mais documentos e percebi que ele tinha razão. A fachada encobriu uma parte significativa do financiamento estrangeiro ao combate da guerrilha armada em Minas Gerais. Dava para perceber pelo cruzamento de informações que consegui nos arquivos da polícia. O Estado não era o único envolvido em caçadas a guerrilheiros. Havia grupos operando em paralelo, organizados por pessoas interessadas em fazer da guerrilha um disfarce para os seus negócios. A Montreal tinha sócios brasileiros. E eles eram bem conhecidos. O Décio Brício não vendeu terra nenhuma para ninguém a não ser para ele mesmo. Vendeu como Décio Brício e comprou como Montreal Ground Incorp. Em 1979, os grupos guerrilheiros já estavam todos desmobilizados, para usar o eufemismo deles. Esse dinheiro financiava gente como o Seu Ernesto, militares contratados para execuções, mercenários dispostos a qualquer tipo de serviço, desde que bem remunerado. Todos operando nas sombras, sem rostos, sem rastros, fantasmas.

A Montreal solicitou falência justamente em 1981 e a barragem só foi sair do papel muito tempo depois, já na virada do milênio, desalojando alguns proprietários resistentes e promovendo uma alteração drástica no cenário. Alagaram tudo e fizeram desaparecer muita história sob as águas desviadas do Pomba.

A Safira foi desmembrada e a parte mais alta sobreviveu à inundação. Os canadenses não foram os executores da obra. Quem ganhou a concorrência para a construção da barragem sabia bem o que estava ocultando. A mão de ossos pairava sobre todos os papéis. Eu podia vê-la, sendo desenterrada diante do espanto dos homens do Altino Fidélis, quando senti uma mão suave tocar o meu ombro. Quase derrubei a bandeja que a titular do cartório de Vista Alegre ia depositando sobre a mesa.

– Desculpe, não queria assustar o senhor. Estava tão aéreo. Perdão.

– Quem deve desculpas sou eu, quase provoquei uma tragédia.

Ela riu. A fileira de dentes cerrados, os lábios rosados, gretados sob o úmido da saliva e do batom.

– Que exagero!

E riu de novo.

– Maria Lígia.

– Félix.

Fosse outro o tempo, a bandeja com biscoitos de nata, uma xícara de café, nacos de queijo branco, uma fatia de mamão, teria o poder de me deter por horas dentro daquela manhã chuvosa. Mas, havia uma mão de ossos pairando insistente diante dos meus olhos e eu começava a fazer uma ideia muito ruim dos motivos pelos quais ela fora encontrada justamente nas terras da Safira.

21 de fevereiro – sexta-feira, por volta de 12h30

Dei uma volta pela rua principal de Vista Alegre, à procura de um lugar para comer alguma coisa. Dei com um sujeito de bermuda e chinelo, levantando o toldo de um trailer. A inscrição "Bar Aconchego" surgiu sob a estrutura de ferro e lona. Parecia limpo e o homem dispôs cadeiras no pátio, debaixo de um caramanchão, em frente à igreja.

Sentei, me protegendo da chuva. Antes que eu pudesse falar alguma coisa, o sujeito jogou sobre o ombro o pano que ele trazia na mão e me estendeu uma plaquete colorida. O cardápio.

– Fica à vontade, doutor. É simples, mas tem aconchego.

– É um bom slogan.

Ele se animou.

– Vejo que o doutor sabe das coisas.

Como ele estava sozinho e aguardava enquanto a chapa aquecia, puxei uma conversa. Falamos um pouco do tempo chuvoso, das enchentes, dos perigos da estrada. Ele foi se esquentando numa prosa mais objetiva e antes mesmo que o filé à moda da casa ficasse pronto, já estávamos encontrando o caminho dos assuntos, como se fôssemos amigos inseparáveis.

Roberto nascera em Magé, no Estado do Rio de Janeiro, mas se considerava mineiro e, mais ainda, vista-alegrense. "Tenho senhora, filhos e uma tia. Já sou daqui", foi me dizendo. O Aconchego era uma ocupação arranjada para "melhorar a merreca da aposentadoria". E seguiu falando, num quase monólogo, até que eu direcionei a conversa para as terras da Safira. Ele se empertigou, ajeitou a bermuda, puxou a camisa para cobrir a barriga e destilou sua avaliação, como se fosse um especialista em negócios de terras:

– Aquilo é porcaria, doutor. Não vira nada lá. Nada. Coisa nenhuma. Para cima da barragem, do outro lado, sei que anda lá um galego, metido com viagem, vai e vem daqui, sem parar. Só sei dele coisa micha. Branco é tudo igual, não é não? Nós, assim que somos da cor, o doutor me entende, peixe pequeno não faz negócio com tubarão. Fiquei interessado no galego e instiguei. Roberto ficou à vontade para me contar a vida dele, antes de passar ao relato do misterioso morador das terras altas da Safira. Seria o Seu Ernesto? Se ele existisse mesmo deveria andar já pela casa dos 70 anos. Não combinava com o homem que ele dizia andar em companhia de um meliante conhecido pela alcunha de Rato.

– Tem um cola nele, doutor. Um praga, um raça ruim. Um bisca que arranja as coisas para ele, umas meninas e tal, o doutor entende, não é?

Seu Ernesto estaria se divertindo com as moças de Vista Alegre? O tal Rato seria seu ajudante ou somente um oportunista?

– No Rio, doutor, o cabra pode ser tudo, só não pode ser "caguete". Tenho meu estabelecimento aqui, vejo as coisas, mas se não mexem com as minhas filhas, está tudo na ordem.

Diante daquela afirmação, não quis fazer muitas perguntas sobre o Rato, mas, ao voltar ao cartório, Maria Lígia me falou onde ele mora.

Esperei o sol baixar. Quando as primeiras sombras da noite cobriam a rua, parei o carro diante de uma casa com janelas azuis na frente e uma varanda minúscula na lateral, onde fica a porta de entrada. Esperei alguns minutos para ver se alguém saía. Como não apareceu ninguém, fui olhar pela janela. Ia dar a volta e olhar nos fundos, mas ouvi uma voz roufenha:

– E aí?

Olhei em volta e não vi ninguém. Fiquei parado, esperando. Não queria sacar a pistola e me anunciar como policial. Achei que poderia ser mais proveitoso se ele pensasse se tratar de um cliente.

– Qual é? – perguntou, pondo a cabeça sobre o muro.

Mostrei uma nota de cinquenta e a figura minúscula, pálida e desconfiada saiu de trás do muro.

– Pura?

Fiz que sim, com um gesto de cabeça. Ele sumiu.

Esperei um instante.

Ele se aproximou, sem que eu percebesse.

Quando tive nas mãos o saquinho plástico e ele estendeu a mão magra para segurar a nota, passei o meu braço pelo pescoço dele, numa chave. Com a outra mão, tirei a carteira do bolso e anunciei:

– Polícia!

O corpo esquelético balançou todo, trêmulo e frio.

– Tranquilo, Rato, só quero conversar.

– Falar o quê, cana, sai fora!

– Quer que eu te leve para a delegacia?

– Caralho!

Eu e o Rato tivemos uma conversa. Um diálogo. Uma tarde como há muito tempo eu não experimentava.

22 de fevereiro – sábado de Carnaval, à tarde

Chegar à casa do Santiago Pedra, no Primavera, equivale a ganhar o primeiro prêmio num rali ou alguma coisa próxima disso. As subidas e as curvas em L na estradinha estreita, com terra, saibro, areia e barro. Muito barro. Com as chuvas dos últimos dias, o carro saía de lado, ameaçando ir dar de encontro com o mato ou despencar pelo barranco abaixo. Nunca soube da existência daquele lugar e pensei que não chegaria vivo. Só a deslumbrante vista lá de cima compensa tanto percalço no trajeto. A cidade ganhando amplitude nos morros, o rio, a torre de energia, a junção dos montes com o céu, num quadro livre de obstáculos para a vista.

O Pedra sempre foi uma espécie de esquisitão, mas construir uma casa para dentro de uma mata fechada, incorporando uma pedra rochosa enorme à própria sala, superava minha expectativa. Vidros por todos os lados criavam uma ilusão de não haver casa e sim uma distribuição de móveis em um espaço totalmente integrado à natureza. Um primor de casa, escondida no meio de uma floresta quase intocada.

Confessaria minha inveja, caso os vencimentos do Pedra como perito aposentado fossem compatíveis com o seu gosto requintado. Mas, para ser sincero, vi muitos homens bem menos talentosos do que ele naufragarem na polícia por razões bem menos defensáveis que a construção de uma bela casa.

O Pedra estava sozinho. Ele era muito conhecido pelo seu temperamento grosseiro, mal-humorado e resmungão. A fama de genioso acompanhava a de antissocial e de intratável. No entanto, sempre desconfiei haver apenas um solitário por trás da carapaça que ele inventou para manter sua individualidade. Pode ser um engano meu. Fato mesmo é o Pedra ter construído uma carreira como perito que se tornou referência na polícia.

– Esquece essa merda, Félix.

Ele nunca dispensa os palavrões. Nem mesmo enquanto prepara um molho, usando avental. A carne tostando nos espetos, distribuindo as porções idênticas na churrasqueira, cujo material do acabamento proporcionava a impressão de que ela fora esculpida na própria rocha.

– Esquece essa merda e vai pular o Carnaval numa biboca dessas aí, porra! Fica revirando essa porcaria de história, correndo atrás de fantasma. Puta que o pariu, Félix!

– Tenho pistas, Pedra. Pistas. E estou fazendo progressos. Além disso, o prefeito cancelou o Carnaval, não sabia?

– Esse prefeito é um bosta! Não sei que porcaria de pista você pensa que tem, mas vou te falar: o Dantas e o Veiga cagaram aquela porra. O Dantas, quero dizer, porque o Veiga era só um cretino, um boçal que nunca deveria ter entrado para a polícia. Já o Dantas não, o Dantas era um filho da puta, um escroto total. Um cara que tive o imenso desprazer de conhecer de perto.

– Ficou sabendo que eles foram assassinados?

– Lamento pelo Veiga. O Dantas já foi tarde. Um bosta. Um bosta. Foi esse filho da puta que alterou a cena do crime, lá em 81. Lembro bem dessa porcaria. Quando cheguei lá, falei para o delegado: "Não vou fazer perícia numa porra de cena adulterada. Não vou mesmo". O Dantas tinha alterado, tinha mexido em tudo, o filho da puta. A PM isolou a área e mesmo assim ele mexeu. Não tinha só uma mão lá, Félix. Era uma ossada, maior, talvez até mais de uma. E te falo, não se mete com essa porra. Deve ter mais gente enterrada naquela porcaria de terra.

– Porra, Pedra. Que merda!

– Bota merda nisso! Aquilo era só a ponta da coisa.

– As águas da barragem cobriram tudo.

– Mas, você sabe, vieram ordens de cima. Só uns moleques que faziam um jornalzinho fuleiro lá quiseram levar adiante. Tiraram foto e tudo.

– Jornalzinho fuleiro?

– Que porra de investigador é você, caralho? Uns moleques lá faziam o tal do *Bumerangue*. Vieram falar comigo. Contei a eles uma mentira, mas não engoliram. Eram uns moleques espertos.

– Nunca ouvi falar nesse jornal.

– Pudera, você é um tonto, Félix.

Ele riu, cortando a carne.

– Félix, o *Bumerangue* era um pasquim de Judas, que fazia oposição ao prefeito na época. Mas, eram meninos, jovens de distrito e ninguém dava muita bola para eles. Foram eles que tiraram as fotos da mão de ossos. Nem isso o Dantas deixou a perícia fazer.

O Pedra me contou que os rapazes do *Bumerangue* começaram a mexer na história da mão e o Dantas, para se promover, deu uma prensa neles. O policial queria voltar para Belo Horizonte, de onde viera. A oportunidade para ganhar a confiança dos superiores e reivindicar uma transferência vantajosa fez com que ele interferisse na investigação.

– Se isso é verdade, Pedra, a história devia ser do interesse de alguém de dentro, não acha?

– Félix, se toca, rapaz. Você acha que aparece uma

mão enterrada num fim de mundo como aquele e a polícia não ia conseguir nem descobrir de quem é, a quem pertence? Porra, amigo, acorda! Raciocina, porra. Raciocina! Se eu fosse você, esquecia essa merda toda. Passado é passado, porra!

– A Lúcia acha que a mão é do pai dela.

– Caralho!

– E o Ramiro acha que o Seu Ernesto está vivo e morando na Safira.

– Puta que o pariu!

Comemos em silêncio. De vez em quando, o Pedra olhava para a cidade lá embaixo e voltava-se para mim. Eu o conhecia bem e sabia o que ele estava pensando.

– O Dantas é um filho da puta.

– Ele está morto, Pedra.

– Foda–se ele.

Voltei desconcertado. Como deixei passar uma história como essa do *Bumerangue*? Imperdoável!

Meu consolo é o Ramiro também não ter dado atenção ao jornal. O inferno deve ser menos doloroso para quem para lá segue acompanhado.

23 de fevereiro – domingo de Carnaval, por volta das 11h30

Gustavo El-Khouri mora em Leopoldina. Ele foi o responsável por editar o *Bumerangue*. Marcamos encontro no restaurante chamado Trem de Minas, que, aos domingos, serve um famoso almoço à moda mineira.

Cheguei antes dele e pedi uma água mineral. O garçom ficou com o bloco de notas suspenso, como se faltasse algo para completar o pedido. Como fiquei imóvel, ele se afastou, fazendo trejeitos de decepção. Talvez esperasse um cliente sem tantas lembranças.

A rua vazia brilhava na grande janela de vidro à minha frente. As calçadas limpas pelas chuvas recentes. O silêncio das árvores. Nada lembrava um domingo de Carnaval. Em outros tempos, a Barão de Cotegipe não caberia de tantos blocos de fantasiados, animados, com a juventude leopoldinense bem-nascida. No começo do namoro com a Érica, passamos dois dias de um Carnaval em Leopoldina. Eu ainda não estava na polícia. Fomos convidados pela Virgínia, uma amiga dela da faculdade. Não vi negros entre os foliões. Érica achou ruim eu ter falado sobre o assunto, mas Virgínia me disse que os negros da cidade estariam todos aglomerados em frente ao Clube dos Cutubas, estendendo sua animação até os limites da praça do Urubu. Ela mesma, de pele branca, me conduziu ao fim da rua, para o meio da charanga, tocando frenética. Estávamos os dois entre os negros, quando ela me perguntou: "Sabe o que significa *apartheid*?". Na época, eu só estava preocupado com a Érica.

Um homem alto, magro e grisalho apagou o cigarro, amassando a guimba com a sandália de couro, ajeitou a camisa branca, de cambraia, atravessou a paisagem quase deserta do restaurante e veio na direção da mesa em que eu estava.

– Como me reconheceu?

– Um policial é sempre um policial – ele disse, estendendo a mão comprida e branca.

Não há como escapar aos decalques colados na pele. Com o tempo, ficam tão naturais que já não dá para saber se são aquisições ou se sempre estiveram em nós. Quando entrei na polícia, uma das anedotas preferidas do meu grupo na Academia era assim: "Se você está numa fila de dez pessoas, nunca serão dez pessoas na fila. Serão nove e um policial".

Imagino que o El-Khouri jamais tenha ouvido essa anedota. Ele tem um porte aristocrático. Quem o vê, de imediato pensa numa linhagem nobre, dessas com brasão e tudo. Mas, ele mesmo garantiu descender de imigrantes libaneses pobres, instalados em Vista Alegre no começo do século XX. Seu pai herdara somente as dívidas do avô e um negócio inviável no Rio de Janeiro. Como boa parte da família já estava instalada no distrito, a vida por lá prometia ser bem menos custosa. Pelo menos, não pagariam aluguel.

Fui ouvindo o Gustavo El-Khouri falar de como era ser adolescente nos anos de 1980, vivendo numa porção de terra capaz de caber no próprio bolso.

– Inventamos uma vida, inspetor. Se não tivéssemos feito assim, o senhor sabe, o insuportável nos tragaria para o fundo. O *Bumerangue* foi um grito, desesperado, contra a possibilidade mais óbvia que era enlouquecer. Em todos os sentidos, entende?

A desenvoltura, os trejeitos, a velocidade da fala, a vasta cabeleira grisalha, desgrenhada, os traços marcantes do rosto, com vincos profundos e polpudas bolsas abaixo dos olhos. Reparei nos dedos amarelados pela nicotina. Enquanto falava, os braços desenhavam, cheios de entusiasmo. Tive a impressão de estar diante de um professor universitário ou de um intelectual europeu. Ele mesmo fez questão de explicar a razão do meu espanto com a sua figura.

– Era um outro tempo, inspetor. Muitas famílias, muitos filhos, muita gente na mesma faixa de idade, com ideias, com energia sobrando e muita ânsia de viver tudo, de experimentar. A liberdade, inclusive, que era coisa recente.

Pedi outra água, enquanto ele já estava na segunda ou terceira cerveja.

– O senhor não bebe nem no Carnaval, inspetor?

– Não. Nem no carnaval – falei sem reparar na implicação da frase.

Ele me olhou com expressão de desalento.

– A gente fundou o *Bumerangue* mais por uma questão de sobrevivência. Ficar restrito, sufocado em duas ruas, num pedaço de terra entre a Rio–Bahia e o cemitério matava. A gente queria escrever poesia e ficar lendo uns para os outros. Mas, com o tempo, as pessoas passaram a procurar a gente para falar dos problemas do lugar. Falta d'água, mato crescendo, a varrição irregular, os buracos da rua. Então vimos que a literatura era bem menos urgente do que as miudezas da vida ordinária. A gente não era alienado e não podia ficar sem tomar partido.

– E era boa a literatura publicada no jornal de vocês. Identificaram alguma vocação mais séria? – Nem eu mesmo sei por que perguntei aquilo.

– A gente era jovem, inspetor. Muito jovem. Todo mundo queria mesmo era deixar vazar um pouco da aflição, da angústia, mas também dos prazeres de um lugar tão pequeno. Mas, aí, o lance das reivindicações dos moradores, toda hora, as pessoas lendo, comentando. As pessoas são vaidosas. Era um mundo sem internet, sem rede social, imagina, a coisa cresceu tanto a ponto de incomodar algumas pessoas. Viramos oposição, sem querer.

Aproveitei a deixa e emendei:

– E a história da mão, que apareceu na Safira?

– Ah, então é esse o interesse do senhor? A história da mão?

Considerei ter errado o tempo e a forma da abordagem, pondo a perder uma fonte promissora. Pensei que o veria se fechar, evitando dar prosseguimento à conversa. Mas, para minha surpresa, ele ergueu a coluna, ajeitou a cabeleira e disparou:

– Seus colegas fizeram cagada em cima de cagada no caso, inspetor.

Se a forma me causou surpresa, não posso dizer o mesmo do conteúdo.

– Como assim, "cagada"?

– O Tininho, o encarregado da turma de capina, figura genial, superbacana, um cara simples, gente boa, achou lá o negócio, ou seja, a mão, como falaram na época. Mas, para ser correto, foi o cara que trabalhava com ele, o Jacir, uma figuraça, tive o prazer de conviver com ele, foi o Jacir quem encontrou. Como era longe, a Safira, longe pra burro, na época, não me lembro quem, mas alguém correu na Dircinha, em Vista Alegre, longe, para telefonar para o dono da terra, um cara escroto, escroto mesmo, filho da puta, o Ferraz.

– Armando Ferraz.

– Esse mesmo. Foi esse filho da puta quem ligou para a polícia.

– Ué, não teria feito o correto?

– Correto? Porra, inspetor. Aquela parte da Safira, na época, antes da barragem encher de água, pertencia a Laranjal. O vigarista do Ferraz ligou para a polícia de Cataguases. Quando os seus colegas chegaram, mudaram os ossos de lugar, mexeram em tudo. Deram até umas pancadas no Tininho e no Jacir, vê se pode? Por isso, só deram notícia da mão. Mas tinha mais.

–Sério isso?

Eu estava quase sem fôlego.

– Sim. Sério. A gente ia para a Safira, queimar fumo, o senhor sabe, ficar longe do Cabo Walter. A gente nadava pelado lá, na parte baixa da curva, onde o rio dava com as terras, tinha uma prainha. A gente levava umas meninas. O Ferraz tinha uma sobrinha, uma loura linda, que passava as férias lá em Vista Alegre, mas ele não deixava andar com a gente. Ele quis se livrar, tinha um boato, de cemitério clandestino. Na época, se falava disso e nós publicamos a história. Um colega seu quebrou minha máquina, mas eu consegui salvar as fotos da ossada.

– Lembra do nome dele?

– Claro. Agente Dantas. Lembro bem. Foi ele quem quebrou minha máquina, me deu uns safanões. Eu falei com a sobrinha do Ferraz que a gente ia publicar a história, posso arranjar o material para o senhor olhar.

– Dantas foi assassinado. O colega dele também, o Veiga.

– Desse não lembro. Lembro do Dantas. Porra, assassinado? Já sabem quem foi?

Eu estava atordoado. Minha cabeça dava voltas. Fui ao banheiro e emporcalhei os ladrilhos. Toda a porção de frango com quiabo reduzida a um vômito esverdeado. Quando cheguei em casa, com o cartão do Gustavo El-Khouri no bolso, notei o mesmo carro, com vidros escuros, que eu vira outro dia, estacionado na esquina da rua. Não era polícia. Esperei um pouco e abri ostensivamente a janela. Ele deu a partida.

23 de fevereiro – domingo de Carnaval, por volta da meia-noite

Eu trazia o Felipe no colo. Meu filho. Ele estava fantasiado de pirata. Meu filho. Eu bebi. Eu bebi muito. Eu estava feliz. Era um dia feliz para mim. Voltava da matinê na praça Rui Barbosa. Érica entrou em casa primeiro. Ela veio dirigindo. Eu ia atravessar o jardim. Eu ia. O Felipe estava dormindo. A Érica abriu a porta. Eu deveria entrar com o meu filho no colo, se ele não caísse. Se ele não tivesse batido com a cabeça no vergalhão saliente na base do muro. Se eu tivesse feito como ela pedira e serrado o vergalhão.

24 de fevereiro – segunda-feira de Carnaval, por volta da 1h

Devo deixar uma carta?

24 de fevereiro – segunda-feira de Carnaval, por volta das 2h

Vou gritar. Vou gritar, assim que entrar no consultório do doutor Luís Fernando.

24 de fevereiro – segunda-feira de Carnaval, por volta das 2h15

Érica.

24 de fevereiro – segunda-feira de Carnaval, por volta das 4h

Felipe. Felipe. Felipe.

24 de fevereiro – segunda-feira de Carnaval, às 6h

Toca o telefone. Não reconheço o número. Voz de mulher.

– É o Félix?

– Quem é?

– Sou irmã do Ramiro. Ele me pediu para ligar para você assim que ele... ele morreu.

Não consegui falar.

– Ele pediu para falar para você não desistir.

E desligou.

Sentei no chão da sala e comecei a chorar. Depois, tomei três comprimidos de uma vez só. Uma sonolência, formando um peso na cabeça, forçando os olhos, as pernas.

Descanse em paz, Ramiro. Descanse em paz.

"Os mortos devem permanecer mortos para os vivos continuarem vivos", escrevi no canto da página, com a letra mais horrível do mundo. Descanse em paz, Ramiro. Descanse em paz. Que merda, Ramiro! Que merda!

26 de fevereiro – Quarta-feira de Cinzas, por volta das 8h

Toca o telefone. Voz de homem.

– Félix?

– Bom dia, Silveira.

– Vou escalar você para substituir o Valadares, no plantão, ok?

– Ok.

Desligou.

26 de fevereiro – Quarta-feira de Cinzas, às 18h

Entra um casal na delegacia. A mulher parece mais velha. O sujeito vem vindo atrás, com um jeito cabreiro, encolhido, retraído. A mulher vem ao balcão, tem hematomas muito vermelhos no braço. Sangue pisado, parece. O sujeito repara na câmera, filmando o rosto dele. Parecem dois estranhos.

– Pois não? – digo a ela.

– Quero registrar queixa.

– E do que se trata?

– Acabei de enfrentar um homem, um homem que queria matar o meu marido.

O marido era o sujeito que estava com ela. Enfrentara um homem para defendê-lo e trazia no corpo as marcas da sua luta. Hematomas nos braços, na barriga, nas pernas, as mãos escalavradas da luta, o dedo esfacelado, um dente partido, os cotovelos chispados de terra. Mas, seu homem estava ali, a salvo da morte. Olhei para ele, para aquele sujeito encolhido de vergonha, e tive inveja.

Érica esteve no hospital, por oito dias ininterruptos, ao lado do Felipe. O menino em coma induzido. Não evoluía. Não piorava. Nada. O médico se aproximou dela, no oitavo dia: "Fizemos todo o possível". O enterro saiu. Ela disse que não suporta olhar para mim outra vez.

27 de fevereiro – quinta-feira, à tarde

Saio da farmácia e reparo que um carro preto me segue. Entro pela Arthur Cruz e espero. O carro não passa. Volto pela Humberto Mauro. Na altura do cruzamento com a Astolfo Dutra, percebo que ele tenta voltar, na direção contrária. Não é de Cataguases. Se fosse, perceberia meu truque para despistá-lo. Subo pela Paulino Fernandes, a Treze de Maio. Ele vem pela Major Vieira. Dou uma fechada brusca. Saco a pistola e me anuncio. É uma mulher. Começa a juntar gente.

– Ariadna?

Passo as algemas e a empurro para o banco de trás do meu carro. Entro no carro dela e estaciono. Dou a partida.

– Porra, Ariadna, que merda é essa?

– Dirige, Félix. Dirige. Vamos sair desse tumulto.

– Você estava me seguindo, porra!

– Me leva para algum lugar e eu te explico tudo.

Ariadna parecia assustada. Tentar me seguir foi um gesto desesperado. O deputado Saulo Andrade não podia saber que ela estava em Cataguases.

– Félix, eu sei quem matou o Dantas.

Toca o telefone. É o Silveira.

– Porra, Félix! Que merda você está fazendo? Chegou aqui uma informação de que você prendeu uma mulher no centro da cidade. É verdade isso?

– Eu vou te explicar depois, Silveira. Juro. Mas, por favor, agora não vai dar.

E desliguei.

– Já devem saber – ela disse. – Já devem saber que estou aqui.

Saí da cidade pela Granjaria. Peguei o asfalto ainda sem saber para onde ir. Lembrei de um motel, que fica logo depois do trevo.

Ariadna vestia uma calça jeans justa e uma camisa de malha. Prendera os cabelos e quase não usava maquiagem. Pareceu muito diferente da primeira vez que eu a vira, no sítio do Aires Valente.

– O senhor não tem muita imaginação, não é, investigador?

A pergunta me pareceu ambígua demais para uma mulher assustada.

– Não. Não tenho.

Acho que a desarmei.

Ela sentou na cama, com uma das pernas dobradas. Apoiou os dois braços no colchão e mirou o fundo dos meus olhos.

– Armando Ferraz matou o Dantas. Ou melhor, mandou matar.

– E você veio aqui só para me falar isso?

– O senhor já sabia?

– Digamos que eu ainda não entendi o porquê do seu interesse repentino por essa história.

Uma mulher bonita e ambígua é um clichê de romance policial. Ariadna poderia muito bem se encaixar nesse papel, não fosse o Rato ter me dado informações tão valiosas sobre o misterioso galego da Safira. O Veiga não estava na conta. Deu azar de estar junto quando o assassino encontrou o alvo. O Rato é um peixe pequeno envolvido com tubarão. O Dantas achou que era esperto demais para arrancar dinheiro do Armando, ameaçando revelar a troca do local do aparecimento das ossadas. Não fez o dever de casa direito. Esqueceu que a história interessava a muito mais gente.

– Você sabe quem é o codinome Júlia? – perguntou a Ariadna, tirando a camisa de malha.

Meu telefone tinha umas vinte ligações do Silveira.

Quando levei Ariadna de volta até o carro dela, um homem de terno, óculos escuros e quepe estava à sua espera.

– Até mais, inspetor!

Fiquei ainda uns minutos, vendo o carro preto se afastar, enquanto a noite começava a cair sobre os oitis da rua.

28 de fevereiro – sexta-feira, pela manhã

– Pode me explicar que merda foi aquela ontem, Félix?

– Estou avançando com a investigação e o alvo resolveu se mexer.

– Avançando? Porra, você me faz um show no centro da cidade, atrai uma multidão, prende uma mulher que até agora eu não sei de quem se trata, não dá satisfação, não atende a porra do telefone e vem falar que está avançando? Ora, Félix, faça-me o favor...

– Prendi a secretária do Saulo Andrade, Ariadna.

Achei que o Silveira fosse cair.

– O quê? Que caralho, Félix! Que caralho! Prendeu a secretária de um deputado? Você enlouqueceu de vez, foi?

– Ela quis assim.

– Como?

– Ela quis. Dispensou o motorista no estacionamento da farmácia, me seguiu pelo centro e eu dei uma volta nela.

– Puta que me pariu! Tô fodido! Fodido!

– Calma, Silveira. Levei ela para um motel e conversamos.

– Motel?

– Sim. Ela queria me contar que sabe quem matou o Dantas.

– Porra! Que merda! Que merda você está fazendo, Félix!

– Você me pediu para investigar a história da mão, lembra? Me deu a pasta com o arquivo.

– Era para você arquivar aquilo. Para a gente dar uma satisfação ao Saulo. Ele vai ser governador do Estado. Viu as pesquisas? Vai ser governador e você me prende a secretária dele e ainda por cima transa com ela. Você é um lambão, Félix! Um lambão é o que você é!

– Calma, Silveira. Você pode se dar bem nessa história toda.

Notei que ele mudara de cor.

– Como, me dar bem, como, por quê?

– O Saulo Andrade não sabe que a secretária opera pelas costas dele, que ela vinha aqui e que se encontraria comigo.

– É?

– Sim. Ele só quer encerrar uma investigação na Assembleia, na Comissão de Direitos Humanos e ferrar com alguns adversários dele lá. Mas, a coisa não é tão simples quanto ele pensa.

– Me explica isso.

– A Barragem do Ingá cobriu um cemitério clandestino, Silveira. Pelo menos uma parte dele. A outra, parece, fica nas terras da nova Safira. Se o Dantas não tivesse tirado a ossada do lugar, todo mundo ia saber. O Dantas tirou para livrar o Armando Ferraz, o atual dono da terra, de problema. Depois viu que a história era maior e começou a fazer dinheiro com ela.

– Você tem como provar essa porra toda que você está falando?

– Estou quase lá.

– Félix, você é um filho da puta!

– Sou sim.

29 de fevereiro – sábado, pela manhã

As malas estavam prontas sobre a cama. Sentei ao lado delas. Érica vestida de preto. Depois da agonia, mais de uma semana na Unidade de Terapia Intensiva, a base frágil do triângulo desaba. Álcool, palavras, gestos, afetos abortados no ventre, longas pausas para que a razão entre pelos poros todos. A cama e os dias. Os vícios do corpo e o fel das mãos, que não se enlaçaram senão na autonomia em expansão. Tive um filho. Tivemos um filho. Andávamos pela casa dos quarenta e ele morreu antes de completar a primeira casa de uma dezena. Caiu dos meus braços, do meu colo. E morreu. Com esses mesmos braços abracei outros corpos. Queria agora poder berrar no consultório do doutor Luís Fernando. Berrar a minha dor com tanta força que eu não sentisse mais os pulmões. Não consigo. Não consigo nem falar com ele que tive um filho. Deveria ser proibido a um pai olhar nos olhos mortos de um filho. Deveria ser proibido a um pai enterrar o seu filho. Deveria ser proibido.

1º de março – domingo, de manhã

O Antônio Sílvio sempre me falava sobre o período no qual os militares eram frequentes em intervir nas investigações. A polícia ficava sob vigilância, tendo sua atuação cerceada quando chegava próximo de autoridades do governo. As terras da Safira foram bastante cobiçadas por empresas simpáticas aos militares. Dava para ver pelos documentos. Estudos de viabilidade, processos de incorporação, desmembramento, compra, venda, realocação de moradores, projetos engavetados. A barragem vinha ganhando forma desde 1972. Consultei os registros dos vários esboços do empreendimento. Ficava muito evidente o interesse para parcerias entre o poder público e a iniciativa privada. Mas, a divisão das terras e a presença de pequenos proprietários, que se negavam a ceder às investidas de ambos os segmentos para a venda, dificultava o andamento do projeto. Até que a família Ferraz se envolveu no negócio.

Quando o Armando Ferraz consegue fazer novas demarcações dos limites das terras e expulsa os últimos proprietários remanescentes dos antigos acordos, a mesma empresa canadense, que é citada num relatório da Comissão da ALMG como uma das financiadoras de operações de caça a guerrilheiros, consegue as licenças para começar a operar a construção da Barragem do Ingá.

O surgimento de um cemitério clandestino nas terras da Safira seria uma notícia desastrosa, uma pedra no caminho do grande negócio dos Ferraz. O Dantas percebeu o potencial da mão de ossos e cresceu o olho, como costumam dizer sobre os muito gananciosos.

2 de março – segunda-feira, de manhã

Tentei falar com o Armando Ferraz. Ele estava numa viagem de negócios no Texas.

3 de março – terça-feira, à tarde

Fui com o Gustavo El-Khouri até a chácara onde ele guarda todo o material do *Bumerangue*. Uma casa de madeira e vidro, coberta por telhas francesas, guardando uma infinidade de livros espalhados por estantes em todas as paredes. Entramos por um corredor, passamos pela sala principal, onde um sofá verde ocupa o centro, e chegamos a um cômodo anexo, no qual ficam empilhadas as edições do jornal.

Ele me oferece uma cadeira acolchoada, que me recebe no limite do relaxamento.

– Confortável.

– Veio de Trípoli. Meu avô comprou de um mascate, no tempo em que ainda existiam mascates. Ele tinha um olho afiado para bons negócios. Pena o meu pai não ter herdado isso dele.

Parecia estar sobrevoando lembranças. Saiu. Voltou com um par de chaves.

– Não vou poder ficar, inspetor. Tenho um compromisso urgente. Não se preocupe. Pode deixar as chaves do lado de fora quando sair.

– Muito obrigado, Gustavo.

– Essa sempre foi a vocação do *Bumerangue*, inspetor. Ajudar as pessoas.

E ficou me olhando, como se tivesse dito uma verdade sob o disfarce de uma piada corriqueira.

Leitura interessante. O jornal me surpreendeu. Esperava encontrar somente insossos desfiles de veleidades, viagens bancadas por álcool, ácidos, maconha, cocaína e sabe-se lá mais o quê. Ledo e cego engano, como falaria o Éverton. As publicações eram econômicas na autocontemplação. Entre poemas, contos, crônicas, páginas de recados, anúncios, a partir da edição de número 5, a sessão "reclame aqui" assumiu o protagonismo. Entre os anos de 1980 até 1985, que foi o quanto durou a aventura do *Bumerangue*, ele foi se transformando. De uma brincadeira de estudantes virou órgão de oposição ao prefeito de Cataguases e uma espécie de voz do distrito.

Fiquei muito interessado na coluna "Nossa Gente", na qual os rapazes se dedicavam aos perfis de figuras de Vista Alegre. Deram o subtítulo "crônica à toa da vida útil", e foram construindo um panorama do que era o cotidiano deles, naquele início dos anos de 1980.

No número 23, do ano de 1983, esbarrei na maior das preciosidades. Uma crônica, "Os Olhos Azuis da Vida". Tomei um susto. A referência é muito explícita. Seu Ernesto ficou conhecido pela alcunha "Os Olhos Azuis da Morte". Seriam a mesma pessoa, o assassino frio, o homem que torturava, matava sob encomenda e o "homem enorme, tão grande quanto a sua generosidade para distribuir o leite da farta produção do seu gado aos pobres arrieiros que mal têm para o pão da Mercearia do Fernandes"? Seria o Seu Ernesto capaz de altruísmo?

A crônica foi assinada por Neto Telúrico. Pseudônimo, sem dúvida. O personagem retratado também. O título só podia ser mensagem cifrada. O autor do texto utilizava o mesmo recurso que muita gente encontrou para dizer verdades, num tempo sob terríveis privações.

4 de março – terça-feira, pela manhã

Resolvi levar minha intuição a sério e perseguir a história da crônica publicada no *Bumerangue*. Fiz um simples cruzamento de informações, com os dados disponíveis nos expedientes dos números todos. Dos 39 perfis, 17 eram assinados pelo Neto Telúrico. O mesmo número de vezes em que aparece entre os "colaboradores" o nome Eduardo Normando Pereira da Silva. Só podia ser ele o sujeito por detrás do pseudônimo. Telefonei para o Gustavo El-Khouri.

– Pode ser, sim, Inspetor. Pode ser que seja ele mesmo. Eduardo era um tipo arredio. Filho único, numa época em que todo mundo tinha irmão. Ficava queimado à toa. Difícil imaginar que ele se transformava quando escrevia sobre alguém. Mas, o que o senhor quer com ele?

– Sabe se ele tinha inclinação política, ideológica, alguma coisa desse tipo?

– O pai dele foi do DOPS ou coisa assim. Pelo menos, é o que falavam na época. O Eduardo não gostava de morar em Vista Alegre. Acho que era o único de nós que não gostava.

– Você conheceu bem o pai dele?

– Não muito. Ele era meio fechadão. Mas, eles tinham uma vida boa, um padrão bacana. O Eduardo estudava em Leopoldina, em colégio particular e tudo, o que não era uma coisa tão comum quanto é hoje.

– Sabe dele, tem notícias, ainda se falam?

– Não. A última notícia que tive dele foi que ele estava morando em Paris e o pai dele em Juiz de Fora.

– Paris?

– É. Nada mal, não?

Ao longo dos anos na polícia, uma das coisas que mais fui aprendendo, ao analisar relatórios e discutir cenas de crimes com os peritos, é ficar atento aos detalhes mais insignificantes. O Eduardo Normando, sem saber, me emprestara uma chave. Se ela couber no cadeado, vou encontrar um rosto conhecido atrás da porta.

5 de março – quarta-feira, à tarde

Estava de saída para o encontro semanal com o doutor Luís Fernando, quando tocou o telefone. Não reconheci o número.

– Alô?

– Você está bem mesmo, detetive?

– Quem está falando?

– Alguém que você não vai querer conhecer.

E desligou.

Voz de homem. Uns 50 anos, aproximadamente. Ruído de carro no fundo. Estava na rua. Número de telefone público. A pergunta que ele me fez, se estou bem, me conhece, tem informações de dentro. Raciocinei.

Contei do telefonema ao doutor Luís Fernando e de como montei minha reação. Ele gostou de saber.

8 de março – sábado, por volta das 18h

O Valadares estava no hospital, com a esposa. Ela precisou de cirurgia, às pressas, por causa do apêndice. Fui colocado no lugar dele na escala do plantão. Marcelo estava comigo na sala. Toca o telefone. Ele atende e fica pálido.

– Félix, mataram a Teresa.

Quando chegamos, o Maisena já estava na cena do crime.

– Trabalho de profissional, Félix. Um tiro só, bem no meio da testa.

– E a arma?

– Pistola. Automática, talvez. Vou precisar examinar mais um pouco. O pessoal da balística esteve aqui. Não falaram muita coisa. Sabe como são esses caras.

– E o Silveira? Quis saber o Marcelo.

– Deve estar chegando. Teve um problema com o carro.

Eu fiquei olhando o corpo. Ela deve ter aberto a porta para o assassino. Sem sinal de arrombamento, de violência, de luta, nada. Só o corpo no chão, as pernas voltadas para a porta. Um vizinho, do apartamento de baixo, ouviu o tiro e chamou a polícia. Teresa era escrivã. Divorciada. Estava na Regional.

Lembrei do dia em que nos encontramos na delegacia. Ela parecia querer me dizer alguma coisa, mas o Silveira apareceu e ela entrou com ele no elevador.

8 de março – sábado, por volta das 21h

– Félix, quero prioridade para esse assassinato. Prioridade total, ouviu?

– Claro.

– Porra, a gente tem que pegar o filho da puta que fez isso com a Teresa. Caralho, no Dia Internacional da Mulher, o cara me dá um tiro na cara de uma escrivã. Vai ser filho da puta assim no inferno, viu.

– Silveira, o Maisena falou que o cara usava sapato de bico fino ou sandália de salto alto.

– Que porcaria de perito é o Maisena?

– O cara deve ter pé estreito.

– O que mais ele te deu?

– Não muito ainda. O pessoal da balística está trabalhando e a legista já chegou.

– Félix, o que você acha desse crime?

– Para ser sincero, Silveira, acho que quiseram calar a Teresa.

– Calar, como assim? Acha que ela sabia de alguma coisa grave?

– Ela era escrivã.

– Tá, mas e daí?

– Ela esteve muito tempo por aqui, Silveira. Antes de mim e de você.

– Lá vem você com essa porcaria... Já não falei para encerrar logo o caso lá da Safira, fazer um relatório bonitinho e mandar para a sua queridinha entregar para o

Saulo Andrade. Porra, Félix, esse troço já deu.

– Silveira, a Teresa foi amante do Dantas, você sabia?

– E você só me conta isso agora?

– Pensei que você soubesse.

8 de março – sábado, por volta da meia-noite

– Você não quer me envolver, quer Félix?

– Preciso saber o que você sabe.

– De nada. Não sei de nada.

– Porra, Antônio Sílvio, eu pensei que nós fôssemos amigos.

– Eu falei para você voltar, recomendei, mexi uns pauzinhos, mas era para você fazer trabalho burocrático, entendeu? Trabalho de arquivo. O Silveira é que inventou de te dar esse caso, achando que você ia só fazer um relatório. Eu avisei a ele. Agora, é tarde. Tarde. Olha o que isso está virando. Só porque você quer bancar o detetive.

– Eu sou detetive, delegado. Esqueceu?

– Não sou mais delegado, Félix. Estou aposentado. E acho que você devia fazer o mesmo, antes...

– Antes de quê?

– Ora, você sabe. Olha o que aconteceu com o Dantas, com o Veiga, agora com a Teresa...

– Então você admite que estão ligados esses crimes todos?

– Não admito nada. Não põe palavra na minha boca!

– Eu pensei que pudesse contar com você, confiar em você, mas vejo que...

– Cala a boca, Félix! Você não sabe de nada, não sabe com quem está lidando. Essas pessoas, Félix, essas pessoas são perigosas. São capazes de qualquer coisa.

– Quem são essas pessoas, Antônio Sílvio?

– Olha, eu espero que você não descubra nunca. Para o seu próprio bem, espero que você não se encontre jamais com essa gente. Félix, esquece, sei lá, vai pescar, vai transar, vai... aliás acho que você já está transando... Quem diria, a assessora do deputado, hein... Que esperto!

– Vai pro inferno, Antônio Sílvio!

9 de março – domingo, por volta da 1h

– Eu sabia que tinha alguma coisa de muito errado com esse seu refúgio, Pedra.

– Vai se foder, Félix! Veio aqui me acusar de matar a Teresa?

– Não. Vim falar que sei o que você e o Antônio Sílvio fizeram.

– Sabe nada. Você não sabe de nada. Não tem nem ideia do que está falando, porra!

– Você e o Antônio Sílvio deram cobertura para o Dantas alterar a cena, tirar os ossos do lugar e levar para a Safira.

– Não. Não fizemos isso. O Dantas fez e olha como ele acabou.

– Ele não teria conseguido se o perito e o delegado não estivessem acobertando criminosos.

– Porra nenhuma! Não acobertamos ninguém. Eu avisei para o Dantas que o negócio era grande demais para ele. Mas, não me ouviu e quis meter a cara. Se fodeu!

– A Teresa também?

– Félix, gosto de você, rapaz, gosto mesmo. Te admiro, até. Mas, se você quer saber, vá para a puta que o pariu e não me aparece mais na minha casa. Essa história, para mim, já era, deu!

– Só me fala uma coisa. Só uma. Você dorme bem à noite?

O Santiago Pedra ficou me olhando, enquanto eu dava a partida e iniciava a descida pela estrada íngreme do Primavera.

9 de março – domingo, à noite

Foi num domingo, numa noite cinzenta como esta, que a Érica me olhou nos olhos: "Não posso mais. Já não tenho mais forças". Eu ainda enxerguei um resto de luz, morrendo no horizonte fosco, assim que a noite engoliu o ônibus. Engoliu e devolveu uma casa vazia.

Porque o sofrimento não convence como bilhete de entrada. Porque o vazio preenche-se com mais vazio.

Porque as noites silenciosas põem travas nos olhos. Porque meu filho continua morto.

Por quê? Por que preciso ficar visitando o horror? Por que o homem com cotovelos de criança continua a aparecer no meu sonho?

Parei num bar para comer um sanduíche. Estou sendo seguido.

10 de março – segunda-feira, à tarde

Estou sendo seguido. Faz tempo. Um homem grisalho. Procurei alguns perfis no Sistema Interno, na esperança de poder identificá-lo. Tenho certeza de que ele não é policial. Se fosse, não cometeria o erro de estacionar sempre no mesmo lugar. Pedi ao Marcelo para dar uma olhada na placa, com ajuda do pessoal do Detran. O carro não tem registro e as placas são falsas. Eu poderia enquadrá-lo, fazendo uma ação para prendê-lo, mas perderia a chance de que ele me leve aos seus contratantes.

Tentei falar com o Armando Ferraz. Fui avisado pela secretária que ele ainda não voltou do Texas.

Montei uma teoria. Encontraram os ossos na Safira. O Armando Ferraz viu no achado uma possibilidade de chantagear os militares do governo e pagou o Dantas para levar a ossada para o outro lado das terras. O Dantas percebeu que não conseguiria sozinho e chamou o delegado Antônio Sílvio e o perito Santiago Pedra para darem cobertura. Só não contavam com o fato de o Seu Ernesto haver se escondido por lá. O Dantas descobre e tenta usar a informação para extorquir o Armando Ferraz. O Armando Ferraz aciona o Seu Ernesto para limpar a sujeira. Ele liquida o Dantas, sem saber do envolvimento dele com a Teresa, que vem a ser o codinome Júlia. Foi ela quem mandou os documentos para o deputado Saulo Andrade. Acreditando que se tratava apenas de um caso do passado recente do país, o deputado, presidente da Comissão de Direitos Humanos na ALMG, pensa em explorar o potencial político do episódio. O Silveira, um bajulador contumaz, me encarrega da investigação, com a certeza de que, por causa do meu estado de saúde, eu não iria conseguir avançar e dar o caso por encerrado.

Delírio? Pode ser.

E a Ariadna? Onde ela se encaixa nessa história?

11 de março – terça-feira, à tarde

No telão da sala de videoconferências, o Eduardo Normando apareceu coberto pelo granulado de uma imagem levemente trêmula. Rosto infantil, quase sem marcas. Uns olhos pequenos e apertados por detrás dos óculos de aros grandes. A voz seca e distante, pesada, nos graves das caixas de som, próxima dos meus ouvidos.

– Não tenho boas lembranças daquele tempo, detetive. O Gustavo namorou uma sobrinha do Ferraz. Uma loura que passava as férias lá em Vista Alegre. Não gosta de admitir, mas namorou, meio escondido, porque ele era namorado da minha prima. Mas namorou sim. Não lembro o nome dela. Acho que era Adriana, sei lá, de Belo Horizonte. Foi a minha prima que me localizou para ele aqui. Não tenho boas lembranças daquela época. Me chamavam de "riquinho", me ridicularizavam, só porque meu pai foi do governo. Meu pai era só um funcionário público. Minha avó nasceu em Vista Alegre e deixou uma casa para o meu pai lá. Quando ele aposentou, fomos morar lá. Minha mãe detestava o lugar, não combinava com quase ninguém. Meu pai queria uma vida tranquila, depois da aposentadoria. Era uma merda! Escrever no *Bumerangue* deve ser a única coisa boa que eu fiz naquele tempo.

– Fiquei interessado numa crônica sobre um homem que distribuía leite de graça em Vista Alegre. Neto Telúrico é você?

– Era.

– Lembra do homem?

– Lembro. Foi o meu pai que pediu para escrever sobre ele.

– Lembra do motivo?

– Na época, falavam que o meu pai tinha sido do DOPS. Acho que é mentira. Ele era só um funcionário público. Mas, esse homem, o galego, diziam que era torturador, matador, um negócio assim. Falavam que ele estava escondido na Safira e que era parente do Ferraz. Mas, a gente via ele levar leite num carro de bois e distribuir para os arrieiros, para os meeiros, para as turmas da capina, um pessoal pobre. Então meu pai me pediu para fazer uma homenagem, escrever umas palavras sobre ele.

– Por que o título "Os Olhos Azuis da Vida"?

– É meio óbvio, não é?

– Já ouviu a expressão "Olhos Azuis da Morte"?

– Não. Nunca ouvi. Por quê?

– É a alcunha do Seu Ernesto.

– Não sei quem é Seu Ernesto.

– Nunca ouviu falar?

– Não.

Eu tenho muito orgulho das aptidões que fui desenvolvendo com o trabalho na polícia. Detectar mentira faz diferença numa investigação. O Eduardo Normando pode ter sido um bom cronista da vida miúda de Vista Alegre, mas, é preciso admitir que ele teria enormes dificuldades em se estabelecer como ator.

12 de março – quarta-feira, à tarde

Anotei no meu caderno a frase: "Na véspera da morte, o carrasco descansa". Lembrava da Érica, enquanto o doutor Luís Fernando ajeita o jaleco, faz um acerto na manga, que desliza e engole seu braço.

– Felipe está morto!

O médico fica imóvel. Depois, procura com o olhar o

emissor que animou aquela erupção, desatada, enfim, das amarras que a mantiveram represada por tanto tempo.

– Sim, Félix. Seu filho está morto.

Seria perverso dizer que eu estava aliviado? Pela primeira vez, depois de sentir os braços do meu filho escorrerem das minhas mãos e o corpo encontrar o vergalhão que atravessou sua cabeça, eu conseguia pronunciar: "Meu filho está morto". Não. Não é uma redenção. Não é uma cura. Não é nada. É só essa minha tristeza, esse meu vazio, a inutilidade de tudo quanto ainda existe em mim.

O doutor Luís Fernando ainda pousou a mão no meu ombro, antes de eu sair do consultório, disposto a nunca mais voltar.

13 de março – quinta-feira, por volta das 9h45

– Entra e fecha a porta, Félix.

– Falou com o juiz, Silveira?

– Falei. Amanhã sai o seu mandado. Mas não era a respeito disso que eu queria falar com você.

– O que foi?

– Tem um jornalista me pressionando, com o caso da Teresa. A Regional também. Estou cozinhando, mas não sei quanto tempo vai dar para manter. O Marcelo falou que você está sendo seguido.

– Estou. Já faz um tempo.

– Por que não falou nada? Não confia em mim?

– Não é nada disso, Silveira. É que eu acho que sei de quem se trata.

– Tem a ver com o caso da Safira?

– A morte da Teresa também tem.

– Porra, Félix, esse negócio está ficando complicado demais. Acho que está na hora de eu te falar isso. Queria me desculpar. Não levava fé em você, juro, mudei de ideia.

– O Seu Ernesto ou alguém se passando por ele matou o Dantas e matou a Teresa também.

– Acredita mesmo nisso?

– Acredito.

– E esse sujeito que está te seguindo? Quem é?

– Um pau-mandado do Armando Ferraz.

– Você está correndo perigo, porra!

– Não. Acho que não. Ele só quer saber o que eu sei sobre a história da Safira. Só quer garantir que eu não vá desistir de investigar. Está me seguindo para saber dos meus passos todos. O Armando Ferraz é quem está correndo risco.

– Seu Ernesto?

– Alguma coisa deu errado entre eles.

– Você acredita mesmo que ele está escondido em Vista Alegre?

– Cada vez mais.

– Mas, onde?

– Preciso do mandado. Tenho que ver todos os documentos de compra e venda de terrenos para a construção da Barragem do Ingá.

– Ok. O juiz vai expedir.

– Obrigado, Silveira. Obrigado por não ter confiado em mim.

– Teria sido muito ruim, não é, seu eu tivesse confiado?

– Teria.

13 de março – quinta-feira, por volta das 20h

Ariadna veio a Cataguases, se despedir.

– Que piegas!

– Eu sabia, desde quando vi você, no sítio do Aires Valente.

– Que ia transar comigo?

– Que você ia embora.

– Preciso, Félix.

– Não vai seguir com o Saulo, se ele for eleito governador?

– Não.

– Por quê?

– Lembra? Sem intimidades.

– Desculpa.

– Espero que você fique bem, Félix. Você é um homem bom.

– Se você diz...

– Que tragédia o caso do codinome Júlia!

– É.

– Imagino que já saibam quem foi.

– Quase.

– Eu falei para o doutor Saulo para não levar aquele caso adiante. Ele pensou que fosse só coisa do passado. O pai dele teve negócios com o doutor Armando, sabia?

– Sabia.

– Como?

– Estive no cartório de Vista Alegre.

– Toma cuidado, Félix.

– Não se preocupe. Você volta, um dia?

– Não. Não vou voltar.

– Imagino que também não vai dizer para onde está indo.

– Não. Melhor não.

Menti para Ariadna. Nem naquele dia no sítio, nem em outro dia qualquer, jamais imaginei que fosse acontecer alguma coisa entre nós. Ela perceberia, se não estivesse tão interessada em me fazer acreditar que o Armando Ferraz está por trás dessa sujeira toda.

17 de março – segunda-feira, pela manhã

Munido de mandado, volto ao cartório de Vista Alegre. Estou disposto a revirar as terras e as águas que encobrem o passado da Safira. Maria Lígia já me esperava. Preparou doce de figo e umas fatias generosas de queijo branco.

Estava vestida numa combinação de saia e blusa, na cor salmão, pôs um broche de pérola branca para prender o decote, deixando poucas amostras da pele salpicada de pontinhos amarronzados. Fizera as unhas e aplicara uma leve cobertura empoada sobre as olheiras.

– Aceita um café, detetive?

Quando ela cruzou a porta, para voltar à cadeira atrás do balcão, deixou no ar o perfume suave, desses que parecem combinar aromas extraídos do encontro dos primeiros raios da manhã com o orvalho triste da madrugada.

A imaginação me surpreendeu fazendo hipóteses. E se eu a convidasse para ir comigo a Cataguases? E, se, por um desses golpes do destino, ela também desejasse o convite? Aonde iríamos? Ao Italiano? Ao Chá das Nove? Ao Marquês? E depois? Quantas mãos se detiveram com um pouco mais de calma na suavidade morna daquela pele pálida? Não me senti à altura de uma personagem tão ciosa dos seus costumes. Ela pertencia àquela paisagem, e deslocá-la equivaleria a arrancar pela raiz uma flor que serve para ser contemplada. Meu egoísmo masculino já cometera toda a sua cota de erros.

Um livro de registro me cai no pé e a imaginação o sente como um pedal de freio.

No meu exame anterior, não tinha conferido os registros de terras da parte mais alta. A parte não inundada pelas águas da barragem. O Armando Ferraz contestara na justiça a divisão. Mas manteve o desenho na escritura. Estranho. Parece que ele quer fazer a parte antiga desaparecer, como se jamais houvesse algum morador naquelas terras.

– Não é tão estranho assim, detetive. As terras ficam no limite de municípios. Essas pertencem a Cataguases. Mas, do outro lado, não.

– Então é possível ter alguém do outro lado?

– Como assim? Morando do outro lado das terras?

– É. Por que não?

– Claro que sim. Por que não haveria?

– Não são as terras compradas pela empresa do Canadá?

– São.

Para ocupar a parte mais alta, precisaria ser alguém que mantivesse relações com a empresa. Caso contrário, teria sido expulso, assim como os demais, depois da compra dos terrenos para fazer a barragem.

Maria Lígia me disse que a Montreal utilizou a estratégia de dividir as terras em lotes, simulando não pagar grandes indenizações. Para seduzir os pequenos proprietários, ela não sabia me dizer qual tática foi utilizada. Com algum receio, eu podia adivinhar.

– Mas, por que fazer isso, se a terra já estava em poder deles?

– Os tempos eram outros, detetive.

– Maria Lígia, você ia achar que estou ficando doido se eu imaginar que a Montreal inventou existir proprietários na parte mais alta?

– Não. Seria bem cômodo para eles. Comprar, elevar o preço com o projeto da barragem, depois vender para eles mesmos, aumentando os custos do contrato com o governo. Uma jogada e tanto.

O aparecimento da mão de ossos atrapalhou os planos, pensei. Jogou uma luz incômoda sobre o passado das terras da Safira. O cemitério clandestino, agora coberto pelas águas da Barragem do Ingá. O Dantas descobriu a história, o Veiga foi um azarado. Resta a morte da Teresa.

Voltei correndo para Cataguases.

17 de março – segunda-feira, à tarde

Silveira, Marcelo e eu vasculhamos a casa da Teresa. As gavetas foram todas reviradas. Alguém estivera por ali antes de nós, com o mesmo objetivo.

17 de março – segunda-feira, por volta das 17h15

– A secretária disse que o Ferraz continua no Texas.
– E está com medo, Silveira.
– Medo de quem?
– Do Seu Ernesto.
– Para com isso, Félix. Esse cara não existe. A gente tem que ter foco, tem que ficar concentrado nos fatos. Ficar imaginando fantasmas, não dá, assim não avançamos.
– Por que não montamos uma campana lá, nas terras da parte de cima da Safira? Falou o Marcelo.
– Ficou doido? Já viu o tamanho daquilo? E vamos procurar o quê lá, um fantasma? Se você conseguir convencer o juiz a dar um mandado para caçar fantasma, beleza. Libero e vocês dois passam a noite lá na Safira.
– Porra, Silveira. Não fode!
– Marcelo, não acompanha o Félix. Por favor, não acompanha. Já tenho problema que chega, com ele sendo seguido e perseguindo alma penada.

– A Teresa não falou nada para você, naquele dia que ela veio aqui, Silveira?

– Não. Veio falar do Dantas. Queria saber se a gente tinha informação da polícia lá de Betim. Eu falei que não e ela foi embora.

– Ela falou que queria tomar um café comigo.

– Porra, Félix. A Teresa também?

– Não é nada disso, Silveira. Acho que ela queria me falar alguma coisa. Nós ficamos conversando no telefone e eu acabei dormindo. Estava meio grogue de tanto comprimido. Acho que o telefone dela estava grampeado. Ela desconfiou e acabou não falando nada.

– E nem vai falar, não é?

– O Marcelo e a sua sensibilidade de academia de ginástica.

– Não fode, Silveira! Não fode, porra!

17 de março – segunda-feira, por volta das 21h

Preparo uma omelete. A conversa com a Teresa não me sai da cabeça. Quase deixo queimar a frigideira. A cozinha fica empesteada de fumaça. Vou para a varanda. O carro do meu perseguidor está na esquina. E se eu fosse até lá, oferecer um pedaço da minha omelete para ele? Acendo a luz do abajur, fecho as cortinas, leio os papéis do Ramiro. Será que deixei passar alguma coisa deles? O café, a Teresa queria tomar um café comigo.

Ligo para o Antônio Sílvio.

– Eu pensei que você não quisesse mais falar comigo, Félix.

– Onde o Dantas e a Teresa costumavam se encontrar?

– Por acaso, agora, além de corrupto, você acha que eu sou rufião?

– Deixa de bobagem, Antônio Sílvio. O que você fez está feito. O Dantas está morto e a Teresa também. Eu só quero saber quem matou a Teresa. O Dantas, por mim, que queime no inferno.

– Rapaz, o que deu em você? Voltou a andar com o Éverton?

– O Éverton virou um burocrata da Regional. Não quer mais saber da ralé, da arraia-miúda da polícia.

– Você devia fazer o mesmo.

– Não enche. Sabe ou não sabe onde a Teresa e o Dantas se encontravam?

– O Dantas tinha uma quitinete, na Lobo Filho.

– Obrigado, Antônio.

– Se cuida, Félix. Não deixa esse negócio te matar, rapaz.

– Não vou deixar.

O chaveiro demorou para chegar. Falou que já estava dormindo quando liguei.

– Não é a primeira vez que venho aqui.

– Tinha vindo aqui antes?

– O cara que era dono aqui, um polícia, era meio enrolado, perdia direto as chaves dele. Toda vez, tinha uma dona trancada aí.

– Jovem?

– Não. Uma dona, coroa. Bonitona toda vida.

– Lembra se ela tinha cabelo curto?

– Cabelo preto, comprido. Pintado, eu acho. Mas era bonitona. Uma dona grandona.

Não era a Teresa. O Dantas, pelo jeito, guardava mais segredos do que um cofre de banco.

18 de março – terça-feira. 1h34

Será preciso que uma espessa noite a tudo abarque em seu breu disforme. E nos calejados véus do esquecimento, embale a pedra talhada dos dias. Todas as máscaras, feitas sob encomenda para suportar as trevas, descansarão, provisoriamente, do medo da queda, das recaídas dos martírios, das dores que não cessam nunca.

Por que escrever um diário? Por que contar essas coisas sem importância? O doutor Luís Fernando disse que não vai ler. Se é assim, posso escrever nesse caderno que os meus sonhos agora são interrompidos quando o homem dos cotovelos de criança me chama de pai. Não sou o pai dele. Não quero ser o pai dele. Quero voltar a ser o pai do meu filho. O pai do meu filho.

18 de março – terça-feira, pela manhã

– João Ernesto Jovanovic Lutz. Não parece uma piada?
– Puta que o pariu, Félix. Então o homem existe mesmo?
– Abrasileiraram o nome. Ficou Ernesto. Seu Ernesto. A Teresa queria me falar. Esperou, para ver se eu estava mesmo em condições de seguir com a investigação.
– O Dantas descobriu a identidade do homem e passou a chantagear todo mundo. Até tomar um balaço!
– Não só com a identidade, Silveira. Não só. Ele descobriu também os negócios da Montreal.
– E você acha que aquela mão pode ser mesmo do pai da Lúcia?
– Pode. Nunca vamos ter certeza.
– Pena. A história dela é muito triste. Imagina? Criada por um sujeito, achando que é o seu pai e ficar sabendo que, na verdade, é um completo desconhecido, deve ser terrível.
– É.
– Félix, você acha que esse velhinho ainda está matando gente?
– Acho.
– Eu sempre pensei que você é doido. Mas não. Você é muito mais doido do que eu pensei que fosse.
– Vou considerar isso um elogio, Silveira.

19 de março – quarta-feira, à tarde

Entrego o caderno ao doutor Luís Fernando e ele guarda na gaveta.

– Não vai ler?

– Eu falei com você que jamais leria.

– Aí estão minhas contas, doutor. Estou fechando o boteco.

– Está se sentindo pronto?

– Quero voltar a portar arma fora do horário de expediente.

– Tem certeza?

– Tenho.

Ele me olhou por cima dos óculos. Vi uma sombra atravessar os olhos dele, como num eclipse.

– Eu sei o que você quer fazer, Félix, e não vou ser seu cúmplice.

19 de março – quarta-feira, por volta das 20h

Maisena me telefona da delegacia.

– Trabalhando até uma hora dessas?

– Félix, vem pra cá, moço. Eu espero que você esteja bem mesmo para ver o que eu tenho aqui.

Quando cheguei, Silveira e Marcelo já estavam na sala da perícia.

– Seu fantasma é uma mulher, Félix.

Eram imagens das câmeras de segurança da garagem do prédio da Teresa. Nelas, um vulto encapotado entrava num carro preto.

– Reconhece o carro, detetive? – pergunta o Silveira.

Era o mesmo carro que eu pedira ao Marcelo para verificar no Detran. O carro que ficava estacionado na esquina da minha casa.

Sentei, um pouco tonto. Não podia acreditar.

– Ela matou a Teresa, o Dantas, o Veiga e se o Armando Ferraz não foge para o Texas, morria também.

O Silveira falava, enquanto tirava o telefone do bolso.

Ariadna era a mulher saindo da garagem com uma Glock na mão. O Maisena confirmou com a balística. A mesma arma que matou o Dantas e o Veiga.

19 de março – quarta-feira, por volta das 22h

Demorei mais de uma hora para encontrar o caminho. O entroncamento da estrada se abre em diversas entradas, parecendo levar a lugares vazios. Guiado pelos faróis, tomo uma estradinha de terra, apostando na intuição. Ali, o mato forma um túnel, com as árvores ocultando a lua. Logo atrás, o carro, com o Silveira, o Marcelo e o Maisena, tem dificuldades para me seguir na subida.

Tento não me desgarrar, mas as picadas vão se multiplicando. Quando alcanço a parte mais alta, avisto somente uma luzinha fraca na solidão do vale. O desfiladeiro longo me impede de seguir de carro. A estrada termina onde começa o declive. Paro e espero para ouvir o motor do carro dos colegas. Cortado pelos pios de coruja, o silêncio cresce na escuridão do pasto. Entro por um caminho estreito, de terra socada e pedra. Com a lanterna, clareio a cerca de arame farpado, reforçada com fios de aço em aros circulares. Moirões geminados e lanças protetoras indicam que estou próximo de uma morada.

Não tenho como atravessar a cerca e continuar o caminho sem sofrer cortes profundos. Penso em contornar pelo outro lado, voltando à parte mais alta, por onde eu viera. Um doberman sai do interior da escuridão, seguindo a lanterna. Não late, mas mantém-se em posição de alerta. Mesmo estando um pouco distante, percebo que não vou conseguir passar por ele sem chamar a atenção. Retorno pelo mesmo caminho e dou com uma porteira. Ia destravando a corrente quando senti o cano frio de um revólver tocar na minha nuca. Ergo os braços. Umas mãos firmes percorrem minhas pernas, a cintura, toda a parte lateral do meu corpo até atingir as axilas. Após o exame, as mãos empurram minhas costas, me impulsionando para frente. O arame penetra minhas calças, esbarra nos ossos dos joelhos.

Ouço o clique destravar a arma, pronta para o disparo.

– Quem é você? Por que está aqui?

Uma voz rouca, calma, pausada.

Alcança meus bolsos, retira minha carteira, põe a luz da lanterna nos meus olhos.

– Polícia Civil? Que merda é essa? A essa hora da noite? O que você faz aqui?

As perguntas se sucediam, como num interrogatório, como um procedimento estudado, meticuloso, para eu não ter tempo e nem concentração para elaborar.

– Por que não está armado?

– Não posso usar arma fora do expediente.

– Por quê?

– É uma história comprida.

– Tenho tempo. Desembucha.

– Estou em tratamento.

– Droga?

– Não.

– Álcool?

– Não.

– Então o quê?

– Meu filho. Meu filho escorregou das minhas mãos, bateu a cabeça num vergalhão, ficou em coma e morreu.

O cano diminuiu a pressão na minha nuca.

– Vira, devagar. Bota as mãos atrás da cabeça.

Vou me virando, o mais lentamente possível. Uns olhos muito azuis brilhando com a luz da lanterna. Uns olhos frios, na face ossuda e vincada.

– É uma propriedade privada. Você não pode entrar aqui a essa hora, sem motivo, sem mandado, sem arma. Me fala logo o que está fazendo aqui?

– Ariadna. Estou procurando a Ariadna, sua filha.

– Agradece ao seu filho morto por eu não meter uma bala na sua cabeça.

Acordei com o Silveira, o Marcelo e o Maisena sentados do meu lado.

20 de março – quinta-feira, por volta das 15h

Ariadna confessou o assassinato da Teresa. Não quis admitir ter matado o Dantas e o Veiga. Mas a arma é a mesma.

Durante um tempo, Rato funcionou como intermediário entre ela e o pai. O Roberto, do Bar Aconchego, me deu a pista, ao falar da amizade entre o pequeno traficante e o "galego". Seu Ernesto saía do seu esconderijo, na Safira, quando queria se divertir com as meninas que o Rato arranjava. Pelo jeito, ele não confia em ninguém. Não deixa o magricela ir ao seu encontro. Preferia arriscar ser reconhecido no vilarejo. Talvez aposte na memória curta das pessoas ou no desconhecimento mesmo. É bastante difícil de acreditar que um colaborador dos militares, um torturador, um assassino frio, esteja vivendo às margens de uma barragem, escondido num estirão de terras a perder de vista.

Ariadna acreditava que a história do seu pai seria coberta pelas águas da Barragem do Ingá. Não considerou a possibilidade de haver vítimas dele tão próximas. Os documentos do codinome Júlia, despertando o interesse do deputado Saulo Andrade e da Comissão dos Direitos Humanos da ALMG, a cooperação com a Comissão da Verdade, fizeram com que ela se desesperasse. A ganância do Dantas se chocou com as relações de parentesco dela, com o passado, que assombra o Armando Ferraz. Ela quis assumir o controle e encerrar de vez a história.

Ela só não contava com o fato de que não é possível trancar o passado numa gaveta, cerrar a fechadura e imaginá-lo para sempre guardado, protegido desses rompantes incontroláveis, que são todos os retornos. O passado é como uma torrente possante e nenhuma moldura pode sufocar o grito das suas cicatrizes. Elas vibram, pedem reparação, vingança, satisfação, acerto de contas, o que seja necessário para livrá-las do esquecimento.

Seu Ernesto ainda está por aí, em algum lugar, envelhecendo com seus crimes. Felizmente, pelo menos sua herdeira direta vai se confrontar com a justiça. Que o presente seja capaz de nos livrar de vez do passado.

"Os mortos devem continuar mortos para que os vivos possam viver". Anotava no caderno, quando o Silveira entrou na sala:

– Félix, o Armando Ferraz está voltando para o Brasil amanhã.

– Espero que ele pague pelo que fez. As pessoas lesadas no negócio dos terrenos da Safira merecem reparação.

– Como você descobriu que a Ariadna é filha do Seu Ernesto?

– Primeiro, o Gustavo El-Khouri esconder que namorou uma sobrinha do Ferraz. Por que ele teria essa necessidade? Depois, os sobrenomes: Jovanovic Lutz. Um sérvio, outro alemão. Combinação um tanto incomum para alguém de Minas Gerais. Desde a primeira vez, estranhei a aparência dela. Vi que tinha alguma coisa diferente. Quando soube do nome verdadeiro do Seu Ernesto, bingo!

– Ah, sim. Só não entendi o que tem o namoro do El-Khouri a ver com isso.

– O Normando reconheceu a Ariadna das fotografias que mostrei para ele.

– Então... ela é filha do Seu Ernesto e sobrinha do Armando Ferraz?

– É. Pelo jeito, o Ferraz não achou ruim ter um cunhado prestador de serviços.

– Félix, você acha que ela ia matar o Ferraz também?

– Tenho certeza de que ia sim.

– O Dantas e o Veiga foram mortos com a mesma arma que matou a Teresa.

– Silveira, o homem que está lá na Safira é o Seu Ernesto.

– Você vai insistir nessa história? Não tinha ninguém lá. Nós achamos você desmaiado, perto da porteira. Entramos, revistamos tudo. Não mora ninguém naquela propriedade faz muito tempo.

– E o cachorro? Tinha um doberman. Eu vi.

– Olha, Félix, se você continuar insistindo, vou ter que pedir ao doutor Luís Fernando para te suspender de vez.

– Silveira, você sofre de úlcera?

– Que isso! Está louco? Claro que não! Deus me livre. Um primo meu quase morreu por causa de uma, no duodeno.

– Pois o Seu Ernesto é como se fosse uma úlcera. Ninguém tratou dela nos primeiros sintomas e ela evoluiu.

– Agora eu sei o que você e o doutor Luís Fernando ficam fazendo no consultório dele às quartas-feiras.

Fechei o caderno, tranquei a sala, desci à recepção, entreguei as chaves à moça das panturrilhas exuberantes, atravessei as três folhas jateadas, ganhei a calçada. De fora, a delegacia parece maior.

20 de março – quinta-feira, por volta das 20h

Fui convidado por Maria Lígia para a festa da Igreja de São Francisco.

– Se o senhor quiser, pode ficar na minha casa, detetive. É perigoso dirigir à noite, mesmo para um policial.

– Sua preocupação é um grande avanço, Maria Lígia. Um grande avanço.

Ela sorriu.

O vento morno, vindo do passado, como vozes que sussurram desde as águas da Barragem do Ingá, desde as terras da Safira, passa pelo cemitério, pela Rua do Velhaco, pela Floriano Peixoto e perde totalmente a força na Praça da Saudade.

Arremato uma garrafa de vinho no bingo.

Vamos nos afastando para o Morro do Grupo, de onde observamos a noite estrelada cobrir Vista Alegre.

CONHEÇA OUTROS LIVROS

AS OITO HISTÓRIAS DESTE ACERTO DE CONTAS FORMAM UM LIVRO BASTANTE SEDUTOR.

Primeiro, elas atraem, oferecendo a aparente simplicidade da narrativa. Depois, cativam, com o sopro caloroso da pungente humanidade dos seus personagens, que, premidos pelas urgências, em um pequeno vilarejo ou na cidade de médio porte no interior de Minas Gerais, lidam tragicamente com a falta de sentido de quase tudo que experimentam. Não por acaso, a violência se torna a medida comum das relações entre eles, quase sempre extremadas pela escassez ou pelos excessos. Mas, de antemão, fique o leitor sabendo: esse inebriante canto de sereia cifra no fundo os seus abismos mais agudos.

NO ANO DE 1970, UM MENINO VIVE UMA TRANSFORMAÇÃO TÃO PROFUNDA, QUE SÓ CONSEGUIRÁ NARRÁ-LA TEMPOS DEPOIS, JÁ ADULTO.

Ao se recordar de um armazém onde, na época, pelo sol da memória e pela verdade dos sonhos, ele poderia se encontrar com as pessoas que amava e que foram, uma a uma, excluídas de sua vida. Um romance de intenso lirismo, cujos personagens, singulares, encantam tanto pela fragilidade de sua condição quanto pelo seu poder humanizador. Com esta narrativa comovente, Carrascoza nos lembra que estamos mesclados aos demais e que esta mistura, nem sempre fina, é que nos mantém, simultaneamente, próximos e distantes uns dos outros. Uma história que dói, por ser também, no fundo, a de todos nós, que perdemos a cada dia o que ganhamos por existir.

Este livro foi impresso nas oficinas gráficas da Editora Vozes Ltda.,
Rua Frei Luís, 100 – Petrópolis, RJ.